狗的天堂

Dog Heaven

牧鈴◎著

【編者序】

何處是牠所追尋的天堂？

朱墨菲

牠們有過自由嗎？
牠們知道世間最美好的地方是那裡嗎？
牠們享受過陽光下的歡樂嗎？

阿洪是一隻生活在牧場、盡責替主人看管動物的牧羊犬，牠的生活無憂無慮，每天徜徉在一片充滿綠意的牧場裡，牠最重要的任務，就是將牧場上走失的牛群一一趕回牧場，偶而有危難事件時幫忙救援。這樣的工作對牠來說，是既輕鬆又愜意的。

然而，一隻外來的獵狗改變了牠的一生。面對獵狗的挑釁，牠的求生本能讓牠咬死了對手，從此也開始了牠的流浪生涯。期間，牠不幸被捉到馬戲團，成了表演雜耍的小丑；也曾被有錢人家收養，每天過著錦衣玉食的生活，卻發現日子過得越來越不快樂。

沒有了大草原，沒有了勞動和競技，沒有了爲爭得生存權的搏鬥和令牠熱血沸騰的一切，生活還有什麼意義呢？爲了逃避這樣的生活，牠決定離開這個雖然衣食無缺卻失去生命意義的地方，回到牠真正的家——原來的牧場。

在這段離家的日子裡，牠結交了一個與牠生死相交的好朋友：另一隻小白狗。牠們歷盡了波折，終於回到了牧場，牠也再度成了牧場的英雄，不但替牧場找到了偷牛賊，也英勇地阻止了老豹對牛群的偷襲；然而，牠的英勇表現，反而成了商業利益的最佳考量。在人類刻意的安排和訓練下，牠成了一隻只能用打鬥來換取食物的鬥犬，不斷的反射攻擊，讓牠養成了將身邊的每一隻狗兒都當成了侵略者的戰鬥機器，雖然榮獲「狗王」的頭銜，卻也失去了自己的本性，成爲受人類驅使奴役的賺錢工具。在不斷地戰鬥比賽後，牠終於得以掙脫束縛，重又回到可愛的牧場。

與那個利用饑餓和同類爭鬥，把狗訓練成狼的競技場相比，這兒的一切，怎能不讓阿洪感到格外親切！

原以爲生活又能像從前一樣，不料命運的捉弄，卻又讓牠遭受到了此生最大的打擊。牠最要好的狗朋友，竟慘死在另一隻經由人類訓練的惡犬嘴下。這次事件之後，每次出牧，阿洪總會長久地回頭觀望、尋覓；在高速奔跑的中途，牠也會莫名其妙地突然站住，若有所思地看著自己跑過的路，彷彿在等待著牠的好友！夜裏，阿洪常站在山頭，衝著天空那輪冷月發出一串凄慘的哀嚎，似乎牠血液中燃起的活力，都在失去夥伴的悲痛中、在那違背德行的瘋狂報復中耗盡了；從此，牠失去了生活的目標與重心，再也沒法像過去那樣意氣風發。

爲了讓這隻忠狗能再度找回失去的自信，老牧工決定帶牠遠離這個傷心地，來到了塵囂瀰漫的大都市。

都市人冷漠、過度防衛的心理，並不能改變牠的沮喪，只有讓牠更無所適從。在一般人的眼中，牠沒有寵物狗討人喜歡的外型，而是一隻體型壯碩、長相駭人又骯髒不堪的討厭狗，可能身上還充斥著許多病菌。牠也不懂察言觀色；更糟的是，基於牧犬長久養成的習慣，牠常在自以爲是的情況下，做出許多令人意外的事來。因爲牠的俠義精神和好打抱不平的個性，讓牠吃足了苦頭，受盡了委屈。

牠對城市的信任，在重重的打擊之後徹底粉碎了。牠只能壓抑自己的本性，了無生趣的度過漫長的一天又一天。牠成了看門狗，一隻受著城市的種種限制、失去自由的可憐傢伙。

老牧工終於了解自己和這隻出色的牧犬真正需要和適合的地方是何處了，他們踏上旅途，走向他們最終的歸宿。他們回到了一望無際的牧場，在牧場上呼嘯著能讓熱血滾沸的綠色的風，阿洪再度重拾久違的對生活的熱情。原來，在食來張口的囚禁生活中喪失的生存能力，一旦回歸自然，就會重新獲得；只有靠自己努力爭取生存權的人，才能擁有活力，享受自由的幸福。

他們終於找到了「狗的天堂」！

【自序】

動物是人類的朋友

牧鈴

我童年的最後時光是在牧場度過的。

我獨自管理著一群乳牛。在空寂無邊的山野，與我做伴的除了這些大牲口，就是牧犬了。

那是些多麼能幹的狗呀！牠們幫我集合牛群，替我阻攔試圖接近鐵路和菜園的牛犢子。每天早晚，上遠離宿舍區的牛欄擠奶，又是牧犬們給我壯膽，還在我擠奶時懂事地叼住牛尾巴，不讓牛尾抽到我身上……

我見過很多狗，有被鎖在陰暗的樓梯拐角處，用陰沈的眼光恨恨地打量陌生人的；也有在主人的鴨絨被子裏爲討主人歡心打滾撒嬌的。在牧人的眼裏，那些狗都很蠢，完全不能跟牧犬相比——牧犬能與偷襲牛犢的豺狗或土豹子殊死拼搏；牧犬會在洪水激流中捨命搶救羊羔或小主人。

我的一條大狗曾經將一條闖入牧場爲非作歹的狼狗「判處死刑」——簡直不敢想像，那條善良的牧犬在被同伴的血激怒時，竟變成一道復仇的閃電！還有一條狗在失蹤幾個月後遍體鱗傷地回到了牧場——牠都經歷了一些什麼呀？不知道！但牠確實是憑著牠的智慧和勇猛，才逃脫危難，走上回牧場之路的……

這些，樓梯拐角處的狼狗和鴨絨被子裏的巴兒狗能做到嗎？很難很難！因爲陰暗的樓道和柔軟的鴨絨被子沒有給牠們那些營養——一種使動物變得強壯、機敏、忠勇、勤勞的營養。

那麼，牧犬的智慧是否來自生牠養牠的牧場呢？我不知道。我只知道牠們跟牧人一樣喜愛美麗的牧場——山花野草不用說，就是晨霧中迷濛的遠山和樹叢、散佈在綠坡上的五彩畜群、金燦燦的夕輝中匆匆飛過的雁陣，以及夏季雨後緩緩移經草地上空的虹，也足夠令牠們雀躍不已了。

牧場上的狗總是在叫著跳著追著跑著，當牛群安靜而豺狗們也不來干擾時，牠們會把野兔或螳螂當做想像中的猛獸，來一場「戰爭遊戲」；或者，全無必要地繞著牧群飛奔，似乎要跑出一枚長跑金牌……我曾經想畫出牧場上的狗，但出現在速寫本上的，往往是一團狂亂飛舞的線條。這些快樂到忘乎所以的牧犬，簡直沒法子使自己安靜下來……

許多年後，我在一所中學任教時，無意中給孩子們說起那個美麗的牧場，說起了那些可愛的牧犬的故事。孩子們被迷住了，他們再三追問：這些故事是從哪本書上讀來的？

我於是萌發了寫動物小說的念頭。

我盡可能寫出一種「真實」——不讓動物說話（而在童話中，牠們往往是很能說的），也不讓牠們像人似的「思考」——儘管這樣，有時也免不了透過外觀「洞察」一下牠們的「心理活動」，因爲孩子們常常有這種本領，而我恰恰是透過自己童年的目光來看待牠們的。

孩子們以最平和的心境平等地看待所有的動物，在他們眼裏，好的狗只是人類的好夥伴，合作者，而不是什麼「義僕」；狗的勤勉忠勇，也只是天性使然，絕非取悅人類。我也盡可能從這個角度去寫。細心的讀者會發現：那個牧場，絕不僅僅是「狗的天堂」……

狗的天堂
Dog Heaven

Contents

第一部
牧犬阿洪

初戰浴血

在牧犬阿洪眼裏，牧場上的風是綠色的。這風抖散的綠，便染綠了一切——山坡，河流，悠揚的牧笛和牧人的歌。

只有花，只有遍佈山野的鮮花不甘心被風染綠，它們不斷地變換著鮮豔的頭巾和裙衫——藍的苜蓿，淡紅的紫雲英，黃的油花菜，紫的柴胡……這藍這紅這黃這紫，便輪番値勤，點綴著那一方單調的綠，彷彿七彩火苗。到秋天，金橙色的雛菊和九月莓又燃成了一片……這荒野的生命之火，一直要燃到冬天，才被冷雨和霜雪澆滅。

然而，冬天還在老遠老遠的地方，以至牧犬阿洪完全不必爲野花擔心。牠陶醉在濃郁的花香裏，追逐著野鼠和變得遲鈍起來的蝴蝶，好奇地研究蚱蜢隨著草梢裝上金邊的翅鞘。直等牧工高聲吆喝開了，牠才戀戀不捨地放下自己的研究，跟同伴——外號叫斜眼的，一起去追回那些企圖靠近農田的母牛和跑離牛群的犢子。

這是牧犬的主要工作。

不過，讓阿洪來幹這個確實有些大材小用。因爲牠儘管失落了檔案，種系和身分都十分可疑，但牠那四尺多長的身軀、三十五公斤的體重，加上野豹般的奔襲速度，使牠具備了一枚呼嘯著的炮彈那樣的威懾力。貪嘴的母牛一看到牠，立即變得循規蹈矩，那些乳牛犢子更是老遠望見阿洪縱跳的身影，便大瞪著藍色的眼睛，媽呀媽呀地叫著逃回牠們的母親身邊，至少有半個小時不敢調皮。

於是工作變得太簡單太平淡。不甘寂寞，阿洪便不時地出些鬼點子，唆使斜眼給牛群製造一場小小驚慌，或者，找到某某打上一架。

同類打鬧固然有趣，但那樣的機會是不多的。斜眼是個好性子的老實傢伙，牠不敢跟阿洪對陣，鬧著玩兒也不敢。別的牧犬呢，牠們各自管理著分配的牧群，很難湊到一起。阿洪只好常去找公牛霍克。

霍克可是個威風凜凜的大塊頭——差不多有一噸重！可牠並不是打架的好手。阿洪挑釁地在公牛的尾巴上咬一口，待那笨蛋氣勢洶洶地轉過可怕的粗角和大腦袋，阿洪早繞到牠的肚子底下，衝那大腹便便的肚皮撓上一爪；氣急敗壞的霍克把四隻嚇人的大蹄子蹬得擂鼓似的響，阿洪又從牠腿縫間溜了出去，順便在公牛耳尖咬下一小撮毛；然後，這惡作劇的傢伙便一頭撲倒在草叢裏，又翻又滾樂不可支，任那笨牛傻乎乎地發瘋發怒，糊裡糊塗撞上牧工的鞭子。

牧場上的一天總是過得飛快。轉眼，柔和的夕陽便如被牧犬撞翻的木桶裏的牛奶，灑落在草坡上。牧犬們幫牧工將各自的牧群趕回欄舍，就興致勃勃地往河灣跑。

剛剛趕乳牛飲水時，牠們已經洗過澡。但那只能叫洗澡，不算游泳。牧犬們是樂意在沒有公務纏身的情況下，去深水裏顯示一下水性的。

路過牧場辦公室門口時，跑在最前面的斜眼被一股突如其來的力量摜了個跟頭。斜眼的胸毛霎時被血染紅了！

斜眼跳起身，大聲嚷嚷著，正要撲向那平白無故侵犯牠的傢伙，忽然，牠一下子收斂了威風，如臨大敵似的退到牆根。

侵犯牠的是一條與眾不同的短毛瘦狗。

瘦狗冷眼看著向牠擁來的牧犬群，咧開嘴，露出一對異常白亮的尖牙，那冷峻的目光裏，有一種威嚴的壓力。亂糟糟的犬陣頓時安靜下來，牧犬們夾著尾巴，神色緊張地繞過拴瘦狗的鐵鏈。

斜眼仍然低俯前肢，保持著招架的姿勢一動不動。

隨後趕來的阿洪好奇地朝那條瘦狗打量了一番。牠記起來了，瘦狗是場長的胖客人帶來的。中午，牠還親眼看到胖客人拿絞碎了的嫩牛肉拌上香油和鹽餵那傢伙吃哩。瘦狗偏擺架子，橫豎不吃；後來還是場長在地上鋪了條毛毯，那狗東西才大模大樣地坐上去用餐。

有啥了不起，不就是瘦得像剮了皮嗎？阿洪不樂意地哼了一聲。瘦狗兩道冷颼颼的眼光立即朝牠轉來。

阿洪不由得也打了個寒戰。

牠從來沒見過那樣坦然地露出殺機的狗眼。而此時瘦狗脖子上的金項鏈，墜在胸前的綠寶石胸飾，都透著一種冷酷的拒人千里的高貴——無怪乎夥伴們都自慚形穢而夾著尾巴溜走！

但阿洪眨眼就冷靜下來。就衝項圈上拴著的鐵鏈，牠也有理由瞧不起這瘦東西。在阿洪眼裏，凡是被韁繩或鐵鏈限制著自由的，都只能算做人類的奴隸。

牧犬從不用那些玩意兒。牠們是跟人類平起平坐的放牧夥伴。而現在，牧犬偏偏受到那瘦狗的輕蔑和欺侮……阿洪決計要教訓那傢伙一頓。

汪！牠呼喚牠的同伴。

汪！汪！斜眼如同夢中驚醒，忙跑到阿洪身後。

無需太多的對話，牠們便溝通了彼此的心意。阿洪衝瘦狗叫了一聲迎頭撲去，斜眼則趁那傢伙準備攻擊的當兒咬住鐵鏈，用全身體重將瘦狗拽了一個趔趄。瘦狗狼狽不堪，差點兒摔倒。

這很令阿洪開心。牠便施展自己戲牛的慣技，在瘦狗尾尖上叼下一小撮毛。

瘦狗霍地轉過身，鐵鏈卻限制了牠的行動，使牠無法進行有效反擊。

斜眼又去拽鐵鏈。這回，瘦狗沒容牠拽動，就箭也似的射過來。

但瘦狗也沒完成自己的動作——從右側迎身而上的阿洪把牠撞倒了。

能撞倒，就說明這瘦狗也是俗骨凡胎。兩條牧犬便更有膽量重複這個危險的報復。牠們將鏈子拽得噹啷噹啷連聲響，讓瘦狗不斷地踉蹌翻滾，油光閃亮、一塵不染的身子上，黏滿泥沙。但那傢伙也真倔強，居然沒有哼叫一聲，只是逮住每一個空隙進行著無效的反擊。

鐵鏈的聲響驚動了場長的客人。那胖大漢跑出來。

「嗨嗨，你們這些髒狗，簡直不要臉！」胖子嚷嚷著，「就讓飛狼套著鏈子跟你們兩個打？這不公平！」

胖子伸手摘下了瘦狗的鏈鎖。瘦狗大大咧咧地伸了個懶腰，眼裏又閃過一道凶光。

阿洪正要招呼斜眼，那瘦狗突然從主人手下直躥過來。不知天高地厚的斜眼迎上去，被瘦狗一口咬住脖子，呼地掄過了頭，再狠狠摔下。斜眼頸下的血，就如拔去了塞子的奶瓶被推倒般噴湧而出。牠痛苦地掙扎了一下，終於沒能從對手的爪牙下掙脫，就痙攣地蹬直了四肢。

「還有一個！」胖子指著阿洪叫。

瘦狗撇下斜眼，縱身一跳，向阿洪撲來。阿洪驚魂未定，一時竟無計反攻，只得極不光彩地落荒而逃。

牠還從沒見過誰如此乾淨俐落地殺死一條牧犬。

犬科動物種內相鬥，當對手失去抵抗力或是自行露出胸腹示弱投降時，戰勝的一方往往會中止進攻。這是爲種族繁衍而做出的諒解與妥協，是所有家犬都恪守的鐵的原則——但身後那骨瘦如柴的惡棍全然不懂這一套，牠簡直是一台殺狗機器……調動了每一塊肌肉的力量，阿洪才勉強逃過了瘦狗疾風般的追擊。

被這屠殺機器追上，很難有希望生還！而且，在主人挑唆下，瘦狗的氣焰越來越囂張……

阿洪逃出牧場。瘦狗緊追不捨！

河灣的十多條牧犬忿忿不平地追在瘦狗身後。但牠們的速度遠遠趕不上前面那飛奔的一對，於是，這些狗在山坡上拉成了一個疾馳的彗星圖形。

「追上！咬死牠——」瘦狗胖主人的聲音遠遠傳來，即刻又淹沒在群狗激憤的吠叫聲中。

阿洪脊梁上那一綹棕黑長鬣火焰似的向後飄散著，結實的身子如同一段不斷緊縮又迅疾彈開的鋼簧。在如此兇悍的殺手面前，牠的意志近乎崩潰，只是一味地奔逃。

其實牠心裏明白得很：牠要麻痹對手，先從體力上拖垮敵人之後，再發揮自己的體力優勢進行反擊。

但牠很快意識到自己錯誤地估計了對方。阿洪跑得心臟幾乎要蹦出口腔，仍然無法甩開那精瘦卻善跑的良種獵狐狗……

瘦狗的利齒黏上了牠的後頸左側。阿洪急回頭。猝不及防的對手被牠撞了個跟頭——

牠終於找到瘦狗的弱點了——那傢伙體重不及牠的三分之二！一撞之間，牠就能將瘦狗打翻。猛獸相鬥，瞬間仰倒暴露了要害，即是死亡！

阿洪卻沒有去爭取那一眨眼的戰機。牠從瘦狗頭頂躍過，朝辦公室的方向奔去。在哪兒失了面子，就一定得在哪兒挽回！

瘦狗尚未覺察到阿洪的用心，牠沾地即起，仍然緊追在阿洪身後。

「阿——洪——」場長在那邊喊叫，「站住！」

飛躥的牧犬無法執行命令，那一心要置牠於死地的惡狗離牠僅一步之遙。

斜眼的屍體已被搬走，那兒只剩下一片暗紅的血跡。阿洪繞著血漬來了個急轉彎，扭身撲向瘦狗。

上過一回當的瘦狗卻不再跟牠硬碰。那傢伙靈活地讓開了，用力過猛的阿洪衝過了頭，瘦狗便又繞到牠後頭，仍然保持主動追擊的優勢。

「咬！飛狼，給我咬！」大胖子興奮得滿臉通紅。

「別怕，阿洪，咬死那假洋鬼子！」幾個年輕的牧工不服氣地喊，「你咬得過的！」

「做夢吧！」胖子不屑地衝他們叫，「我這條惠普特，在一對一的情況下從沒敗過！要不，牠怎能值八萬？」

這些叫喊掩蓋了場長的勸架聲，阿洪便知道自己可以全力一搏。牠沒有任何預兆地蹲下身，狂奔的瘦狗絆著牠高高撅起的臀部，從牠頭頂翻滾過去。阿洪撲向前去，按住瘦狗，張開了被熱血衝得癢癢的牙幫骨。

「阿洪！」場長怒吼了。

阿洪氣餒了。場長嚴厲的呵斥，喚醒了牠心中那條爲種族生存而妥協的原則，牠跳開了。

四周一片惋惜的歎息。

「飛狼，我的孩子，你是沒有敗績的！」胖客人的尖叫將瘦狗的鬥志一下撩撥起來。牠彈躍而起，從後面纏住了阿洪。

阿洪被按住了。額頭上一陣刀剜般地刺痛，接著一股熱辣辣的黏液流入眼眶，暮色中的一切都消失在一片恐怖的血紅裏。

敵人的尖牙繼續刺入牠的頭皮……

阿洪本能地仰頭咬去，咬著了。

乒！背脊上挨了胖子重重的一腳。勸阻、叫罵和喝彩聲在耳邊鬧哄哄亂成一片，阿洪什麼都顧不上了。求生的本能迫使牠拼盡全力咬住那堅硬的一團，接著，就有一股溫熱的液體滋潤著牠冒火的喉嚨……

瘦狗拚命掙扎。阿洪便趴牢了粗壯的四肢，用瘦狗幹掉斜眼的打法，猛地一擰脖子，將那傢伙從頭頂掄過去，狠狠地摔在斜眼的血跡上。然後牠用力眨著眼，清除了眼中的血跡，看清那脖頸的致命處用力咬下。

似乎聽到瘦狗頸下動脈和氣管斷裂的脆響！

「天哪，我的飛狼！」胖客人哭喊著，奔向場長房中，取來一杆雙筒獵槍。「八萬，牠值八萬哪！」

「快跑——阿洪！」牧工們高興地喊。

跑過來的牧犬群也發出歡呼的混聲齊唱。

阿洪愜意地吞飲一口對手的熱血，嗖地躍過夥伴們的頭頂，鑽入蒼茫暮色。

「別攔我，畜生，你們這些臭牧犬……」被狗陣纏住雙腳的胖子氣急敗壞地喊，「我打死你們……」

激戰中痛飲仇敵的血，和聽到對手最後的慘叫一樣，是一種慰藉，消除了阿洪因斜眼慘死而造成的靜脈腫脹。牠異常輕鬆地跑上牧場。

胖子決不會輕饒牠。但胖子不是牧場的人。胖子一走，牧工們就會上牧場來叫牠回去。牠是一條出色的牧犬，牠的牧群不能沒有牠。這種自信，大概從母親把牠生在河灣裏那天起，就牢固地建立起來了。

牠降生的那一刻，母親正在洪流中捨命搶救牛犢。不顧自己的孩子，母狗又接連救上兩頭犢子，才回到濁浪裏尋找牠們。

同胞兄妹們早被滾滾波濤捲去，只剩牠一個。尚未睜眼的小東西居然掙扎著泅向岸邊，牠被灌下好幾口黃水。赤裸無毛的短腿有力地拍打著涼水……直到母親和老牧工找到牠，牠還信心百倍地在靠岸的淺水裏團團瞎轉。牧工們便給牠取名阿洪。

離開母腹就遭遇厄運，這沒有影響阿洪的成長，相反，那與生俱來的考驗給了牠更爲強盛的生命力，使牠比同齡的狗崽子更結實也更機靈。還沒完全長足骨架，牠就成爲牧犬警備隊的主力隊員了。

……阿洪在草場上睡了一夜。

黎明時分，饑餓弄醒了牠，牠才記起自己除吞過一口鮮血外，從昨晚到現在什麼也沒吃。而那同類動物的血腥，在心平氣和時，便成爲一種對靈魂的折磨。牠殺死了一個同類，有生以來，第一次用同類的熱血漱口……

牠感到腸胃痙攣，難受極了。

沒有人來找牠。牠便知道那胖子還守在場部。場長都不願得罪胖子，那胖子究竟是什麼東西呢？阿洪弄不明白。

弄不明白，牠就不再去想。

悄悄潛回牛欄，牠看到守在牛欄門口的夥伴大黑。大黑衝牠輕輕叫了一聲。牠也回答了一句，就從大黑身後的狗洞鑽進一間牛欄。

擠奶時間快到了。脹得不行的母牛都用後腿緊夾著膨大的乳房，使勁想把奶擠出來。阿洪很熟練地跑過去，像幼年時無數次幹過的那樣，用身體擠壓一頭母牛的乳房，溫熱甜膩的奶汁就源源流出。阿洪愜意地舔食著，這樣就不會咬傷奶頭引起牧人注意。牧場的小狗，都會這麼偷奶喝。母牛感到很輕鬆很舒服。牠在阿洪臉上抽了一尾巴作為報答。阿洪沒有計較，牠急急地舔食著。成年的牧犬再這樣偷吃是可恥的。牠唯恐被人看見。

電燈刷地亮了。有人推進來一台吸奶器，阿洪才意猶未盡地從原處溜出去。

牠又跑上了草場，眼看著牠和斜眼的牛群在懶狗黃胖和幾條可憐巴巴的小狗驅趕下，亂糟糟地散在牧場上。仍然沒人叫牠的名字。

那該死的大胖子，還在等著找牠算賬。

整整一個上午，牠蹲在草叢裏跟胖子捉迷藏。胖子提著獵槍，一聽到狗咬就追過去看，直到把自己累得精疲力竭，才坐在草坡上喘息著啃雞腿。

趁這當兒，阿洪追趕著一隻獾子來到公路邊。

牧犬未必是狩獵好手。儘管牠們有著比獵狗更強的顎骨和肌腱，但在靈活性上，牧犬遠遠不及獵狗。但饑餓卻逼得牠不遺餘力地投入了這場希望不大的追獵。

獾子鑽進了一個土洞。阿洪狠狠地掘洞，將掘起的泥土撒得四處都是。獾子被大狗的氣勢嚇慌了，牠衝出洞來。

阿洪惡狠狠地一把按住了牠。胖乎乎的小獸閉上眼睛一動不動。

這拙劣的裝死當然瞞不過阿洪。然而，正是這種明知必死仍然不願放棄最後一線生機的努力，讓阿洪的心軟下來。野獾不在牧犬的保護範圍之內。阿洪卻不想再殺死一個無辜的小生命。

牠鬆開爪子。獾子突然向前竄去。阿洪趕上一步，又將那小傢伙擒住了。

牠聽到來自腸胃的咕咕聲……

砰！突然襲來的槍彈在牠身邊的岩石上濺開一朵白花，阿洪撇開獾子奔上公路。公路上有人有車，胖子決不敢朝牠開槍的。

「瘟狗，有種別跑！」胖子叫罵著發動了一輛摩托車。他們在公路上玩開了追逐的「遊戲」。

胖子的重型摩托車連連撞向阿洪，阿洪往返兜圈子，一次次化險爲夷。牠不敢離開公路。只要牠躥上路坎，那支槍立即會朝牠打來。

阿洪漸漸把這遊戲玩得得心應手起來。牠儘量貼著靠河的高岸跑。嘎嘎怪叫的車子沒撞著阿洪，卻險些把胖子拋下高崖。那傢伙嚇得面如土色。好不容易退回路心，卻見阿洪又回到了原處。

「好呀，你逗老子尋開心！」胖子咬牙說著，吃力地跨下摩托車，又把獵槍端在手中。

阿洪一聲驚叫，縱身跳上一輛飛馳而過的大卡車。

胖子氣得揮拳跳腳哇哇亂叫，轉眼，就遠去變成小小一團，無可奈何地伴著他的摩托車。阿洪鬆了口氣。

車廂裏堆著的一些空紙盒散發著食物的香味兒。阿洪把那些紙盒翻了個遍，什麼也沒找到，就快快地坐下了。

車廂外閃過一個熱鬧繁華的村鎮。一幢醒目的大紅樓。接著，又是樹木和農田。水庫和渠水閃出滿天晚霞。

卡車開進燈火輝煌的市區，阿洪才驚悟般地跳下車，避開那些陌生的耀眼燈光，跑向一個陰暗角落。

牠在一排油膩的鐵鉤下找到幾塊碎肉，沒有咀嚼就吞下去。兩個黑影鬼鬼祟祟地跟著牠。阿洪齜牙咧嘴地衝他們低吼一聲，黑影逃走了。牠也離開了那兒，順一條僻靜的小街走得頭暈腦脹，一點兒可吃的也沒找到。

牠忽然想起牠該回牧場了。那可惡的胖子走了嗎？不管怎樣，明天一定趕回牧場。即使胖子還沒走，牧工和夥伴們也會幫助牠……牠不應該離開牧場。

阿洪掉過頭往來路上走。路過市場那個陰暗角落時，牠又被豬肉的油膩味兒吸引過去。一塊噴香的熟肉擱在一隻木籠子裏！

小心地圍著木籠轉了一圈兒，阿洪沒發現任何可疑之處。

牠謹慎地走進去。哐——

木籠的門在牠身後關攏了。

阿洪大驚，牠又躥又咬，把木籠啃得咯咯作響。一片更黑的雲幔兜頭罩來，牠和木籠一起，被套進一隻麻包，抬上一輛嘎吱嘎吱的破三輪車……

在馬戲班裏

脖子上被拴了一根鐵鏈，阿洪垂頭喪氣地跟在一條短腿白狗身後。白狗背上蹲著的小猴子擠眉弄眼地衝牠扮鬼臉。

爲了那塊熟肉，牠當了俘虜。

在木籠裏，阿洪反抗了兩天。牠咆哮，啃咬籠子；後來有人在木籠上噴了些藥水，牠就在啃咬時莫名其妙地「睡」著了。

醒來後，阿洪發現自己成了戴著鐵鏈的奴隸。牠狂怒地跳起身，鏈條無情地把牠拽倒了；第二次弄倒牠的，是一根裹著橡皮的長棍。

牠中止了毫無希望的反抗。牠是一條很講求實際的狗。明知反抗無效，又何必跟自己過不去呢？阿洪強迫自己麻木起來。撇開了一切諸如恥辱、氣憤之類的念頭，牠開始吃、喝，開始接受新主人的施捨和奴役。

主人在牠身上縛了一對竹籠。那竹籠裏總是發出嘰嘰呱呱的響聲，不知關著什麼怪東西。

他們還想讓那隻髒兮兮的紅屁股猴子也騎到牠身上，阿洪衝那猥瑣不堪的小傢伙齜齜牙，那傢伙便說什麼也不敢碰牠了。

主人把牠喚做「長毛兒」。阿洪不懂這名字的含義，牠討厭這個稱呼。主人便揮起那根似乎長著眼的長鞭，來幫助牠記憶——每當牠對「長毛兒」的吆喝沒有做出反應，那皮鞭就會在牠的耳根或是鼻尖上舔一下，用火辣辣的劇痛提醒牠。

阿洪於是不得不走過去，任主人在牠身上纏那些竹籠，或者幫牠套上一件丟人現眼的大紅坎肩，讓牠拉動一輛輕巧的「馬車」。

就這樣，牠隨主人從一個集市走向另一個集市。

吵人的鑼鼓把螞蟻一樣多的閒人逗引過來，猴子便開始表演一些無聊的把戲——戴烏紗帽，穿紅袍，拄著拐杖學老頭兒咳嗽，一跛一跛地兜圈子，還隨著鼓點兒翻筋斗。

當猴子倒翻長袍露出猩紅的屁股時，總有一股難聞的臊臭味兒直往阿洪鼻孔裏鑽，讓牠噁心不已。

然後是那隻叫白娃的矮狗表演。白娃很憂傷地苦著臉，在主人的指揮下滾球、倒立；有時，主人在黑板上寫出一個算式，白娃就得從一堆寫著數字的木牌裏抽出那算式的答案。

牠總是從一個固定的地方抽出答案。這很蠢。阿洪只看過兩三回後就發現了秘密——

主人把答案放在一個固定位置，放在那堆木牌離地正好一腳踝高的地方。

可是觀眾竟瞧不出來，他們大呼小叫地喝彩，扔下鈔票。阿洪便覺得這些人更蠢。他們的智力還在白娃之下。

主人拾起錢，總要賞給白娃一點兒食物。對老是吃不飽的阿洪來說，那食物極富誘惑力。終於有一天，求食心切的阿洪搶在白娃之前，冒險咬出了一塊寫著數字的木牌。

主人驚訝地叫了一聲。阿洪便隱隱覺得那長著眼睛的長鞭已經盯住了牠身上某一處目標。火辣辣的劇痛卻並未襲來。相反，主人扔給牠一片乾饃。

以後，「做算術」的節目便由兩隻狗共同表演。阿洪每次都搶在白娃之前拽出木牌，即使白娃趕先了一步，也會被阿洪惡狠狠地瞪回去。那可憐的醜狗就再也不敢跟牠搶功爭賞。

不過，啃著乾饃的阿洪並未因此快活起來。牠是牧犬，對比自己弱小的動物有一種職業性的憐憫和保護的責任感。現在，轆轆饑腸卻逼迫牠從白娃口中奪食。

簡直是羞恥！

彷彿鬼使神差，阿洪竟將自己好不容易掙來的賞賜讓給了白娃。

「啪！」長鞭甩過來，在白娃骯髒的鼻梁上留下一道血痕。

主人開始教阿洪一些新鮮玩意兒：鑽火圈，接飛盤……阿洪一學就會。牠對這一套根本不感興趣。牠認真去掌握，是爲了得到食物上的補充。

白娃就只能在別的節目中格外賣力，來換取主人的恩賜了。幸好牠還能倒立、滾球。但不論牠怎麼賣力，也敵不過阿洪。

「這是個天才！」少主人在教會阿洪一樣把戲後總要這麼驚歎，「咱們弄到一棵搖錢樹啦！」

老主人從阿洪背上的竹簍裏放出一些蛇。那些腥膻的冷血動物原來會隨著笛聲起舞。老頭兒將蛇扔到一隻大白鼠身上，大白鼠被咬上一口，立即全身痙攣倒地死去。蛇們大大地逞了一回威風。主人再讓蛇在猴子身上咬，在自己身上咬，然後敷上藥……

爲了爭著買這些藥，觀眾又扔下不少鈔票。

當然這得在大晴天。一到早、晚，或是陰天、下雨，這些蛇便變得像沒有生命的軟繩子。

「天再冷下去，蛇就成累贅了。」少主人對老主人說，「得叫牠們冷天也派上用場才好！」

老頭兒叼著煙捲兒悶想。好一會兒，他把白娃和阿洪都叫過來，將那些「死」蛇往狗脖子上纏。白娃恐怖地尖叫著往後縮，牠便得到兩位主人一頓合力痛打。但白娃寧可挨鞭子，也不敢碰那些蛇。

輪到阿洪了。牠一動不動，任那些噁心的動物在脖子上纏成一個大團。牠也厭惡蛇。但厭惡並不是害怕。在牧場上，跑來跑去的牧犬與毒蛇遭遇的機會比牛羊更多，要被蛇咬了，牧犬也會中毒：心悸，反胃，痙攣，高燒……這種時候，牧犬就會憑感覺去嚼食一些藥草。等藥草造成的嘔吐、寒冷輪番襲過之後，中毒症狀也就解除了。

更多的時候是牧犬將蛇處以死刑。在機靈的牧犬面前，毒蛇很難有下口的時機。

阿洪戴著毒蛇團成的「圍脖」並無不適之感，牠仍然可以接飛盤、鑽火圈，觀眾便扔下更多的鈔票。

但是有一天，當中午的陽光把空氣曬得暖洋洋時，脖子上的一條尖吻蝮蛇突然復活，閃動著舌頭對阿洪咬來——

阿洪想也沒想就咬斷了蛇頭。

老頭兒揚起了鞭子。但一頓狠揍的結果，是讓阿洪脖子上的七條毒蛇全數遭到厄運——牧犬將牠們摔在地上，連咬帶扯弄成了十四段。

脖子上的鐵鏈被扯緊，拴在一根木柱上，阿洪遭受到有生以來最大的恥辱——牠被當眾打得毛血橫飛，卻全無反抗餘地。

這場毒打使阿洪蔫了三天。第四天，主人將猴子放到牠背上時，牠再沒有反抗。

阿洪不能表演，便失去了獲得額外賞賜的幸運，整日在熊熊饑火中熬煎。白娃悄悄地把自己那一份塞給牠。阿洪沒吃。牠不能接受更弱小者的施捨。

一個小男孩在看過表演後，送給白娃一塊金閃閃的圓餅。白娃把圓餅送給阿洪。阿洪沒精打采地看了看，沒理睬。牠早不是喜愛玩具的年齡了。

白娃便用牙尖撕開圓餅的外膜，示範性地舐了一下，再推給牠。一股久違的奶酪香味鑽進阿洪的鼻孔。牠便不再客氣，獨吞了那塊假扮金幣的美食。

牠們又被帶進了城市，在城市近郊那些不規則的舊貨棚之間輾轉演出。

充當了坐騎的阿洪忍受著猴子的臊臭。這還能忍受。最讓牠惱火的是那鬼怪精靈的傢伙一騎上來，就使勁勒緊牠脖子上的細鏈，使牠呼吸困難。阿洪回頭齜牙警告，但牠一回頭，鞭梢便啪地抽上牠的鼻尖。

阿洪只得趁主人不在跟前時偷偷懲罰猴子，咬牠，或用牙齒一小撮一小撮地揪扯牠的毛。

猴子吃了苦頭，不敢再惹阿洪，卻加緊了對白娃的捉弄，作爲對狗類的報復。牠在白娃背上撒尿，引得觀眾大笑不止；還假裝捉虱，去白娃尾巴上拔毛。

白娃苦著臉，可憐巴巴地哭泣著。但牠始終不敢反抗。

這天，在樹蔭下午餐時，猴子搶過白娃的饃，爬上了公路邊的苦楝樹。白娃嗷嗷地叫著，可惡的猴子卻躺在樹杈上，把啃碎的白饃往樹下吐。主人沒有懲罰猴子。因爲猴子的即興表演招來了一大群觀眾——這些人不會白看的。

阿洪不聲不響地吞食自己那份午餐。猴子對白娃的欺侮，已經把牠的怒火引燃到白熾狀態。

吃完最後一口，牠舔舔嘴唇，斯斯文文地踱到樹下，突然一縱身，咬住猴子項下垂掛的細鏈。猴子還沒弄清是怎麼回事，就變做一顆呼啦作響的「流星」，在老少主人和圍觀者的驚叫聲中，砸向一棵粗大的樹幹！

噗的一聲悶響，可惡的猴子被摔得昏死過去。

老主人哭喊著抱起猴子，少主人掄起挑鑼鼓的扁擔，衝阿洪呼地劈下。阿洪猛力一掙，竟將頸圈從中扯斷。牠發出一聲驚喜的歡叫，衝開人群，漫無目的地突圍而去。

跑進一條僻靜的胡同，身後的吵嚷聲漸漸遠去，似乎被引向了另一個方向。重獲自由的牧犬便想起了白娃。

即使被餓狼包圍，牧犬也不會拋棄牲畜自顧逃命的……也不知哪根神經搭錯了線，這會兒的阿洪竟把白娃當成了屬牠保護的牲口。牠像聽到牧人的呼喊，以驚人的速度從原路跑出胡同。

朝另一邊引開了主人的果然是白娃。那醜臉小傻瓜，也懂得瞅空子開溜……可惜牠的腿實在太短了，抱著猴子拎著扁擔的老少主人眼看就要追上牠了。

少主人踩住了白娃身後拖著的長皮帶，牠被拽翻，滾進了路邊的水溝。少主人揚起了扁擔。阿洪狂怒地一聲高叫，趕過了老頭兒，咬住少主人的褲管，狠狠一拖，將他掀翻在地。

「該死的長毛兒！」老頭兒詛咒著，顛兒顛兒奔過來。

「別管我，爹，快追白娃！」少主人爬起，回頭來對付阿洪。阿洪一躍而起，趕在扁擔尙未砸下之前，將少主人推下水溝。

這當兒，白娃已泅過了水溝。阿洪跳過去，跟牠並肩跑著。牠看出白娃在水中不像在岸上那麼笨，就陪著白娃向大河那邊跑。

流動的河水在秋陽下閃著耀眼的金波。牠們不約而同地跳下水去。水好涼好涼。阿洪擔心地看著牠的夥伴。白娃卻顯得異常興奮而信心十足，看來牠對這條河並不陌生。

可惜倉促間沒來得及除去的長皮帶，嚴重地影響了白娃的游速。阿洪便不放心地緊跟在牠身後。

「瘟狗！」老頭兒喳喳呼呼咒著罵著，把猴子拴在岸邊柳樹下，抽出一把亮閃閃的刀子橫叼在嘴裏，沒脫衣服就跳下了水。

老傢伙水上功夫真是了不得，很快就追趕過來，一伸手揪住了白娃身後那長長的「飄帶」，白娃被扯下水去。阿洪便突然掉轉頭，惡狠狠地向老頭兒衝去。老頭兒慌忙扔開白娃的皮帶，把刀抓在手裏，霎時不見了影兒。

茫然不知所措的阿洪忽然感到堅硬的刀子貼上了自己的腹部。牠急向上一躥，從老頭兒頭頂躍過。老頭兒不敢再招惹牠，卻全力向重新冒出水面的白娃追去。

回頭再鬥，在水中不一定能幹得過那把刀子……阿洪乾脆一鼓作氣泅回河岸，向小猴撲去。

猴子尖聲怪叫。老頭兒聞聲大驚，撇下白娃，趕回來救他的寶貝猴子。

阿洪叼住鏈索一使勁，將猴子扔過樹杈，吊在空中。猴子聲音啞了，翻著白眼，在空中踢蹬掙扎。

阿洪沒有絲毫憐憫。牠像個冷酷的執法官，牢牢地咬住鐵鏈，直到傷心不已的老頭兒紅著眼衝過來，牠才鬆開口。被吊得口吐白沫的猴子啪地從半空摔下。

阿洪邁著輕盈的碎步繞過老頭兒，奔回河道，在河面上犁出一道白閃閃的水花，朝對岸射去。

白娃濕淋淋地蹲在河堤上，狠狠地啃著自己身後那險些連累了朋友的長皮帶。阿洪一下子就幫牠扯斷了。那短腿小傢伙便歡叫著，朝堤岸邊一棟臨河的小白樓奔去。

阿洪愣了愣，也追了上去。

「哇——這不是懷特嗎？」

一個聲音尖尖的少年在小白樓二層的陽臺上驚叫著，急匆匆地迎出門來。

「懷特，懷特，這小半年你都上哪兒去了？我們好想你——」少年一迭連聲地喊。

可是他伸向白娃的手，卻被阿洪不客氣地用身子撞開了。少年害怕地讓到一邊。

歡呼著的白娃就領著阿洪從大門長驅直入，在一些人驚喜的叫喊聲中，踏著棗紅地毯奔上二樓，又從二樓跑上三樓。一間闊氣的大客廳裏散發著一種說香又不是香的怪味兒。狂喜的白娃跟阿洪滾作一團。跟著上來的人們任牠胡鬧全不制止。阿洪於是隱隱猜出這矮胖的小傢伙是回到牠自己的家裏了。

白娃又把阿洪領進一間房，跳上一張沙發，用牠的扁鼻子拱翻了壁櫃裏的幾隻五彩鐵筒，鐵筒裏倒出一大堆點心——餅乾、糖果，還有那種能吃的「金幣」。

白娃熟練地撕扯著「金幣」的外膜，那種讓阿洪思念牧場的牛奶香味便在室內瀰漫開來……

安樂窩

兩隻骯髒的狗被領到滿是香味泡沫的浴缸邊。

阿洪開始還犟著，及至看到白娃是那樣高興地跳進去，在傭人手下滿意地哼哼著撲濺著水花，牠便徹底解除了警戒，跟白娃一塊兒大鬧起來。

少年在一邊瞧著。換過幾缸水後，他推開傭人，親自替白娃梳洗，一邊洗，一邊「懷特懷特」叫個不停。白娃就撒嬌地往他懷裏鑽。

洗完，少年給白娃包上乾毛巾，把牠抱到椅子上，白娃乖乖地坐在那兒。

他又替阿洪梳洗，少年管阿洪叫「耶魯」，阿洪同樣不喜歡這個名字，但牠記住了。

「呀呀呀，你這個鐵打的傢伙！」少年摸摸阿洪長毛下結實的肌腱驚訝地喊，「你簡直是狼，不，是一隻老虎哩！」

他柔軟的手在阿洪頭上身上梳理著，弄得阿洪癢癢的。這手就像是奶酪做成，阿洪沒法子想像，這樣白嫩的手能幹什麼？在狗的眼裏，人類都是挺能幹的，且不說那些粗壯結實的牧工的手，就是馬戲班那惡老頭，不也有一雙硬梆梆的青筋暴突的大手嗎？這種奶酪做成的手，說什麼也不像長在能幹的人類身上的。

莫非，這是一種別樣的人？

阿洪弄不明白。弄不明白牠就懶得再想。牠按少年的吩咐跳上一張躺椅，有一股熱風呼呼吹來，把牠嚇了一跳。

熱風很快吹乾了牠們的濕毛。洗過澡的白娃白得像一堆雪。只是那寬扁的臉仍然醜得一如既往，而且憂愁，阿洪才知道白娃的愁眉苦臉是天生的。

雪白的白娃把阿洪領進一間大房子。這房間也鋪著地毯。與別處不同的是，這兒沒有桌椅沙發之類的累贅，卻有一些瞧上去就挺有趣的玩具——巨大的彩球，木馬，滑板，還有一個裝著許多輪子的怪東西。白娃跳上怪東西，在上面飛快地奔跑。

怪東西在牠腳下旋轉著，白娃卻沒移動半步。然後那短腿的胖狗直接從那兒蹦上大彩球，把彩球蹬得滿房亂滾。

「學會了，懷特全學會了！」少年高興得叫了許多人來看。

「簡直不可思議！」有個貴婦模樣的女人說。

阿洪聽不懂那些人的話，但從他們臉上的表情，牠斷定白娃早先在家裏並不會玩這些，是馬戲班那長著眼睛的皮鞭子教牠學會的。

白娃越玩越起勁兒，那些人的喝彩就一浪高過一浪。後來貴婦人心疼了，不許白娃再玩。她讓人搬來一大堆吃食，親自動手，往牛奶裏拌上魚肝油，在麵包裏塞進維生素和一些五顏六色的藥片藥丸，那些頂好吃的東西就變腥、變苦，變得不堪下咽。白娃卻食欲大振埋頭猛吃。

「可憐的孩子，」貴婦人垂下淚來，「你瘦多了……」她撫摸著白娃的脊背，手顫抖著。

「牠身上還有傷哩！」少年說。

「呀——真的！天哪，要轉壞血病的——快給寵物醫院去個急診電話！」

白娃還沒吃完，就有個穿白袍的人闖進來。幾個人幫白袍按住白娃。

阿洪站起來，警告地低吼一聲。

「您的狗還帶著個保鏢？」白袍逃到門邊。

「懷特的患難朋友，」少年證實，「牠不咬人。」

「一條來路不明的狗？」白袍大驚小怪地說，「你們怎麼可以收容牠？牠會把病毒帶給懷特的！而且，從外形看，牠很可能是一條牧犬——牧場裏看守牛羊的髒狗！牧犬身上通常帶有許多病毒——狂犬病毒，炭疽，出血熱，口蹄疫，還有野兔熱……」

那家人的神色便緊張起來。

「你是說，應該把牠趕走？」少年問。

「從狗的戀群性上來說，立即趕走牠，對懷特是不利的。」醫生說，「得把牠隔離，經過嚴格的診斷、消毒……」

人們不再纏著白娃，讓兩隻狗逃進了隔壁的房間。

這邊的地毯上也放著狗食，食物裏也仍然有種種怪味，阿洪卻不再挑剔。牠敏感地察覺到與白袍之間將有一場戰鬥，牠必須吃飽喝足保持體力。

陽臺上有人叫懷特。白娃走過去，通往陽臺的門突然關上了。阿洪停止咀嚼，警惕地走到門邊，用鼻子頂了頂，又人立起來，撥弄了一會兒門把手，那把手紋絲不動。阿洪便焦躁地在室內兜著圈子，尋找旁的出口。

那邊傳來白娃的哀叫。阿洪勃然大怒，牠用盡全力將身子向門撞去，眼前忽然騰起茫茫白霧。牠依稀記得，那一回，在啃咬耍猴人誘捕牠的木籠時，牠也是看見這種莫名其妙的白霧……牠的腳像落在棉花堆裏。那近在眼前的門，竟不知隱向何方。阿洪茫然地轉了半圈兒，室內的一切都在白霧的空隙裏旋轉起來，牠暈倒在地毯上昏睡過去……

阿洪獲准與白娃重聚一室，是在三天之後。

白袍交給貴婦人一紙體檢證明，那女人就敢接觸阿洪了，但必須是與白娃在一起的時候。

「耶魯，你必須好好保護懷特！」女人絮絮叨叨地說。

「懷特這樣名貴的血統，總會有壞人想偷走牠的，我要你片刻不離牠的左右。這是你的福氣。你想，你原來是牧羊犬，多麼可憐的名字——牧場，對可憐的動物來說，那不是地獄嗎？所以你應該珍惜懷特帶給你的幸福，你要忠心耿耿地做懷特的僕從，就可以在這個天堂裏待下去……」

阿洪冷靜地忍受著她莫名其妙的嘮叨。

婦人說得動了感情，就從脖子上摘下一條沈甸甸的金項鏈往阿洪頸上套。金項鏈下也垂著一枚閃閃發亮的寶石。

似曾相識……阿洪記起了那條被牠殺死的高貴的瘦狗。牠厭惡地一晃腦袋，將那項鏈甩了。

「你這野狗！」貴婦人拉長了臉，「你真不知好歹哪！來，懷特乖乖，這一條也給你！」

懷特頸上已經掛了一條繫紅寶石的項鏈，牠不知所措地看看發火的阿洪，也一縮腦袋，躲開了女主人伸過來的項鏈。女人便歇斯底里地開始數落，說人沒良心，狗也沒良心，說著說著嚎啕大哭起來。

阿洪和懷特很感興趣地看她表演，覺得她比猴子強多了。玩猴兒的老頭兒怎就沒把她逮去呢？

女人哭累了，讓傭人給她把狗領到一間暗房子的沙發上，陪她看電視。阿洪對那紅紅綠綠的活動畫面很感興趣。

牧場也有電視，但那兒的狗是沒資格與人共賞的。牠們只能偶爾從門外瞥上一兩眼。

螢幕上出現了草原。成群的斑馬。一頭雄獅悄悄走近……阿洪跳下沙發，衝獅子吠叫起來，白娃也奶聲奶氣跟著助威。

「吵死了，吵死了！」貴婦人抱著頭喊，「我的腦袋要炸啦！快把牠們趕出去！」

兩個夥伴於是興高采烈地奔向後院。那兒有花草樹木，還有一個金魚池。可惜後院太小，阿洪剛想縱情跑一跑，鼻尖就撞上了圍牆。

圍牆外，擠擠挨挨滿是高樓大廈，把院子逼成一口井。牠們便去撩撥那些金魚。凝著霜的池壁好涼，水裏更涼。金魚都躲在水底。阿洪用舌尖試試水溫，跳下去。

白娃被濺了一頭水，凍得嗷嗷叫，也跟著跳下，東一把西一把去抓魚。結果魚沒抓到，卻弄髒一池水。兩個肇事者沒有受罰，只是被趕進浴室，飽受了一番蒸氣和熱風的窒息。

那種溫熱叫阿洪老半天昏昏欲睡，振作不起來。

玩膩了園子玩膩了金魚，阿洪便眼巴巴地盼望著每天一大早的「遛狗」。

遛狗是傭人牽牠們去的。有時少年或女主人也跟上一程。但他們走不多遠就累得不行，而狗們必須嚴格遵照白娃的保健醫生的吩咐，每天溜跶一定距離。

出發前，傭人給白娃拴上鏈子。阿洪是自由的。女主人曾擔心牠走在前頭有礙白娃的身分，也想讓人給牠套上頸圈，但這些人看到大牧犬對頸圈鏈索那視若仇敵的眼神，就放棄了那危險的嘗試。

自由的阿洪從不以僕役自居，很叫女主人不愉快。「這野狗全沒規矩！」她說，「我一定要教牠懂得文明社會的禮節！」

她費了好大的力攏住阿洪，想讓牠明白與白娃的地位差異。但她一鬆手，阿洪就遠遠地跑在白娃的前頭，一直要累得氣喘吁吁的白娃叫起來，牠才站下，回頭等著。白娃剛趕上，牠又匆匆忙忙往前跑。

牠一定要充分利用這一段自由時間，盡可能遊玩更多的地方。

開始牠全憑感覺亂竄，任鼻子把牠引到種種有趣的地方——肉市，菜場，還上過一回大街。在那兒，有人賞了牠一記電棒。牠就再也不往那車如流水的危險地段去了。牠將自己的行程嚴格控制在古城的舊街上。

有一回，牠忽然被一種熟悉的氣息弄得激動無比。不管女主人如何氣急敗壞地呵斥，阿洪還是一個勁兒地朝那邊跑。

牠聞到了牲口的特殊氣味。那邊是牛市。三五十頭大大小小的黃牛、水牛，身上滿是泥漿和糞便，擠在一個骯髒的敞棚內。沒有狗，沒有牧草，更沒有那能染綠一切的清風。牛們麻木而安詳地反芻著，沙咕咕沙咕咕的咀嚼聲伴著酸臭的胃氣。

在亂糟糟的叫價聲裏，這些髒牛不斷被人拉走，引起牛群一陣陣騷亂。

阿洪呆住了。牛，這種牧場上最安閒最潔淨的驕子，在城裏，竟如此狼狽！那些被牽走的牛會被送上牧場嗎？牧場……

阿洪癡癡地跟定一頭碩大的犍牛。牽牛者卻不出城，拐個彎，將牛引進一個滿地毛血髒水的院子。

高高的鐵架子上懸掛著猩紅的牛肉，這是屠宰場。大犍牛依舊安詳地反芻著，麻木地跨過了那道門坎，從容赴死……也許，對這些失去了牧場的畜生來說，活著還不如死了好。

阿洪悶悶地尋找白娃。尋找白娃不是一件難事，雖然是在人和人、牛和牛擠擠挨挨的牛市、菜市，但牠還是從大量氣味信號中找出白娃的特定氣味來。

「你怎麼可以去那種髒地方？」被罰著洗了個熱水澡後，女主人狠狠地罵著阿洪，「那地方多髒呀……你要把病毒帶回家來的！你這野蠻傢伙，啥時才能教會你與文明世界同步呢……記住！記住了，我給你吃巧克力！」

阿洪不以爲然地聳聳鼻翼，接過巧克力，讓它黏在自己的舌頭上。那裏面的奶油也失去了誘人的香味。整日吃吃玩玩，食欲就跟饑餓感一起消失了。牠現在不能欣賞任何美味。

沒有了大草原。

沒有了勞動和競技。

沒有了爲爭得生存權的搏鬥和令牠熱血沸騰的一切，生活就變得這樣難熬。

而一旦生存的基本需求得到滿足，想做一點兒值得爲之激動的事，又是多麼多麼地難呀！

牧犬是這樣。人也是這樣。

這兒的人，歇斯底里的貴婦，長得像奶酪的少年，與牧場上那些辛勤的擠奶女工、粗獷的牧馬漢子和光著屁股在冷雨裏歡天喜地蹦跳的小娃娃相比，他們的生活顯得多麼蒼白、多麼可憐哪！

……

「做一條高貴的狗，耶魯，」貴婦人說，「這樣你才配在這兒生活，才有資格給懷特保鏢。」

她堅持在吃飯時給阿洪圍上餐巾，在傍晚給狗屋播放西洋古典音樂，還讓傭人盡力控制狗們撒野飛奔。阿洪受著更加無聊的折磨，而貴婦人的熱情有增無減。她甚至異想天開地給兩條狗朗誦萊蒙洛夫的抒情詩。

「這樣下去，你們會更加可愛的！」被狗們的虔誠好學激動得淚光閃閃的女主人，忍不住在阿洪額上拍拍，「你也會像懷特一樣，成爲我的小天使的……」

未來的天使卻突然瞪圓雙眼，衝那隻撓得牠不耐煩了的白手齜牙咆哮。貴婦人誇張地尖叫著逃出屋去。

一連兩天，那女人沒敢來招惹阿洪。

阿洪沈浸在回憶裏。牧場、牧工、夥伴們以及牠的牛群。現在是秋盡冬來的季節了……牠們一天天把牛群趕得更遠。冬天牧場大多在大山的峽谷裏。那兒有狼。牧犬也就得格外辛勤。

……嗖！一隻黃麂竄過。一場考驗快腿的競賽被黃麂誘發了！誰能擒住麂子，誰就是優勝者！

……燒烤的麂肉，在野火上吱吱地冒著誘人的香味兒，把黑壓壓的冬雲和尖刀似的北風也渲染出一種別致的情趣。

……下雪了。積雪掩蓋的牧場又是一番新鮮滋味。牛群不出牧，牠們留在暖烘烘的牛舍裏吃著飼料，從公務中解脫的牧犬格外輕鬆和歡樂。牠們追獵草狐、山雞。

天並不太冷，但只要一下雪，山雞就變笨了。牠們一口氣只能起飛三次，噗噗噗噗，落下；再飛——噗噗噗噗，又落下……飛行的距離一次比一次短，善跑的牧犬可以在牧人面前大顯身手啦。可惜，去年冬天牠才長成半拉身子。儘管牠像大狗一樣兇得汪汪叫，可牠怎麼也趕不上大夥兒。要是今年——

阿洪伸了伸腰，從牆上整幅的大鏡子裏打量著自己日漸肥壯的身子。在這兒窩著，就是再長大一倍又有什麼用？牠就在寂寞的冥想中打發著光陰。白娃那些玩膩了的玩具和遊戲再也不能吸引牠。那愁眉苦臉的醜狗就也乖乖地陪伴牠。

牠不想扔下好心的白娃。但有個聲音在牠心底固執地召喚，那是牧場的風聲……

那天傍晚，消了氣的女主人又來找狗們消愁解悶。阿洪沒容她碰上自己的身子，就繞過她那身說香不是香的怪味兒，獨自來到後院。

天上懸著半邊冷月。阿洪繞著花園的牆根走著，一圈比一圈走得更快，最後奔跑起來，牠便感受到一股撲面而來的風。

摻雜著水泥和油煙的腥味兒的毫無色彩、毫無生氣的風。牠一刻也不能忍受這死氣沈沈的「家」了。

阿洪在後門邊站下，撐住鋼質門板站直了身子，牠的嘴便正好搆上門閂上的大鎖。大鎖沒有扣住門閂，僅僅是掛在那兒。這意外的發現使阿洪激動得有些顫抖。

牠有一百次機會可以離開這個家院。但牠不忍心當著白娃的面遠走高飛。只有此時此刻……開閂的技藝，早在牧場牠就精熟了的。沒有上鎖的門，會把牠引上一條通向牧場的路。

咬住粗大的鋼門閂，阿洪嘗試著轉了轉，使勁朝一邊拱去。沒動。牠又向另一邊轉轉，再使勁門閂輕響著向一邊滑去。

阿洪用爪子和嘴的合力將門撥開一條縫，擠過去。牠已經置身於花園之外，站在兩道圍牆夾峙的窄巷之中。

回頭望，三樓燈光雪亮。被主人纏住的白娃一定在眼巴巴地等牠上去……

阿洪深深地吸了口氣。白娃不屬於牠的牧群。而且，現在白娃也不再需要牠的保護。牠早就應該理智地離開這個不屬於牠的家庭，回到那綠色的世界去了。

牠又望了望白娃的樓窗，向窄巷外奔去。

無數的燈光，熙熙攘攘的人流，令阿洪不知該往那兒跑。而牠每一次出現在燈亮人稠之處，都會引起一場騷亂。牠記起了在大街上嘗到的那一記電棒，便跑向一條僻靜的小街。

向著一個方向，牠至少可以走出這個對牠來說危機四伏的城市。只要出了市區，憑牠驚人的嗅覺，一定能找到牧場的方向。

但牠不敢跑得太快，因爲牠不只一次地在菜市、肉市看到城裡人追打跑得很快的狗。既然人家不喜歡快跑的狗，牠就用小跑步來逃離這個地方吧。

有喘息聲從後頭追來。阿洪急回頭，看到白娃愁眉不展的扁臉。

「汪汪。」牠輕聲說。這叫聲裡含著歉意。

白娃把口中橫叨著的一根香腸放在朋友面前，喘得趴在地上。

阿洪沒有謙讓，當著白娃的面把香腸吃下去。白娃站起來，伸長脖子，用粉紅的舌尖在阿洪冰冷的鼻子上碰了一下。

「汪。」阿洪又說。

白娃仍不吭聲，憂鬱的看了阿洪一眼，牠撒開四條短腿向來路跑去。

阿洪呆呆地目送著，直待白娃轉個彎不見了，牠才怏怏上路。

總算走出了繁華市區來到了大河邊。

阿洪又猶豫了。牠壓根兒不知道從哪兒可以回到牧場。倘是步行，牧犬出門千里，回家的路上也不會迷失方向。但牠是乘車出逃的，又被耍猴兒老漢用藥迷倒後換了地方，接下來又跟著他們城裏城外轉了那麼久。

唯一還有些印象的，是牠進城的路線在河對面，在與白娃家的小樓房相反方向的城區的河對面，而且進入城區前要經過一片好大的果園，一片望不到頭的菜地。

牠於是沿著河堤往返。一邊走，一邊向大河的那一邊嗅風。終於，牠聞到菜葉的青酸味了，牠才決定渡河。

河邊明亮的燈光下活動著許多人影。這些人也許不會傷害牠。但誰能斷定裏面沒有要猴兒老漢或是瘦狗的胖主人之類的人物呢？

牠決定等。牠知道人在深夜是要鑽回屋裏去睡覺的。牠將身子藏進堤岸的樹叢裏躺下來。

牠也需要趁此機會打個盹兒，養好精神，在最短的時間內泅過河道，過了河，再跑過那邊不大的城郊區鎮，牠就徹底安全了。

剛要合上眼，牠又看到了白娃。

這回白娃沒有送來食物。牠只是興奮地跟阿洪碰過鼻子，就陪著阿洪坐下了。

白娃是來送行，還是要跟牠一起走呢？

半夜裡，阿洪被輕微的草響驚醒了。身邊已不見了白娃。

白娃……還是丟捨不下那溫暖富庶的家。

白娃沒有錯。每條狗都有自己喜愛的生活。白娃離不開那棟小樓，離不開那些玩具和巧克力，就像牠不能沒有牧場一樣……

牠選定的渡口已沒有了人聲，阿洪便悄悄走進冰涼的河水，奮力朝對岸泅去。

艱難的歸程

在城市和鄉村之間瞎撞了兩天兩夜，阿洪仍沒弄清楚自己的方向，尋找牧場比牠原來估計的要難多了。

青草和牲口到處都有，但那份屬於牧場所特有的、奶汁和人工種植的牧草混合的芳香，那份遠離世俗塵囂的美好氣息，卻一直沒有找到。好幾回，似乎那隨風吹送的甜香就在近旁，但霎時又被汽油和農藥的臭味兒沖散，在嗆鼻的塵埃和煙霧中消逝得無影無蹤。

阿洪焦急地奔走著。有時牠感到自己在錯路上跑得太遠，又向原地跑回，開始新的探索。毛毛細雨被西北風攪著，整天整天沒完沒了，弄得牠全身濕漉漉的。

這天午後，迷失在果園中的阿洪忽然聽到這片梨樹的籬笆牆外邊，傳來一聲酷似白娃的哭叫。阿洪忙向那邊跑去。

被一對灰狗左右攔住的，果然是白娃。白娃的一隻後腳陷在一隻鐵製捕獸夾裏，行動極爲呆滯。幸好兩條灰狗被牠橫闊的醜臉嚇住，沒敢貿然進攻。

阿洪衝過去，用牠巨大的身軀將其中一條狗撞得飛起來，摔在地上。那對狗嗷嗷叫著逃遠了。

阿洪顧不上追，回頭來幫白娃對付後腳上的捕獸夾。

那獸夾的尖齒深深地陷入白娃的皮肉，白娃又拽又啃，可越使勁，那兩排尖齒咬得越緊。

遠處有人聲傳來。大概是那對灰狗搬了救兵來了。阿洪心中著急，大張顎骨，咬住捕獸夾的壓簧使勁壓下，沒料到用力過猛，竟繃斷了簧片。啪！猝然彈直的一片齒板硌斷了牠半枚釘牙。

白娃倒是掙脫出來了。阿洪顧不上牙床劇痛，硬強著給白娃舔了舔傷口。還好，沒傷骨頭，只是血流得厲害，唾液根本止不住。

人聲犬吠漸漸近了。阿洪低頭在自己的前腿上咬了一口，將湧血的傷口湊近白娃的傷腿彎。兩個傷口湧出的血互相塗抹著，立時都止住了。

這種牧犬天生就會的急救法，很使白娃驚訝。牠不知道，就連牧人也從狗身上學會了這一招——牧人受了傷，總是取下少量的新鮮牛血來處理傷口。

分辨清來人的方向，阿洪領著白娃朝相反的那一邊跑去。

為了友情，白娃真的割捨了那個安樂窩。感動不已的阿洪一邊跑，一邊回頭關照自己的朋友。短腿狗渾身又髒又濕，又恢復到牠們第一次相識時那副模樣。這樣子反而使阿洪感到親切……

腳下又有異樣震動！阿洪急抬腿，啪！又是一隻捕獸夾！倘不是牠在牧場跟毒蛇戰鬥時練就的機敏，牠們險些又成了人家的俘虜。

阿洪從果樹下的草叢裏扒出那隻鐵夾，用另一側好牙叼住，緩緩施加壓力。白娃膽戰心驚地看著牠。

但阿洪這次接受了教訓。牠沒咬那麼兇。剛剛可以卸下齒板，牠就鬆開了壓簧。

其實，卸捕獸夾牠早就會。老牧工在牠還不到一歲時就特意訓練過牠的，爲了有朝一日能夠自救或是解救誤踏捕獸夾的牲口。沒想到今兒真的用上了。

叼起兩塊齒板，阿洪領著白娃跑出那片危險的果園。路經一個大糞坑時，牠將齒板扔下去。牠不能白白地喪失半顆釘牙，飽受一場驚恐。非得這樣惡作劇地報復一番，牠才甘心。

小小勝利以及與白娃重逢，使阿洪兩天來受夠了窩囊氣的心理平衡了許多。自信重又回到了牠的身上。

路燈在雨霧中睜眼時，牠們走進一個小小村鎮。

公路邊有一棟顯眼的紅樓。阿洪記起來了——偷乘大卡車逃離牧場的那個傍晚，這紅樓曾留給牠一個很深的印象……這兒離牧場不遠了。

但牠來不及讓白娃分享牠的喜悅，就聽到一迭連聲的叫罵——

白娃被一些人追趕著向前面的一片水光狂奔！牠的闊嘴上噙著一大塊豬肉。

阿洪從牠隱身的燈影下衝出，硬著身子，從那些持刀握棍的人腳下鑽過，那些人被絆倒三四個。然後牠不聲不吠地追上最前頭那傢伙，嗖地跳起，從後面摟住了那個人的脖子。那人嚇得魂不附體摔倒在地，跟後面幾個追來的人攪作一團。阿洪便撇下他們追向白娃。

牠們一起游上河心的沙洲。

剛在硬地上站住腳，阿洪便惡狠狠地奪去白娃嘴上的肉摜在地上，按住白娃咬了幾口，白娃痛得汪汪亂叫。阿洪還不解氣，又從牠的大腦門上揪下一小撮毛。這是為了告誡牠不可行竊。在牧場，對行竊的狗是要責以鞭刑的。阿洪小時為偷奶吃就挨過不少鞭子。

但牠離開牧場那個早上還偷過一回。沒辦法，那是牠餓得不行，才明知故犯的。牠不能為牧場帶回一個小偷。

白娃哀叫著，眼睛卻仍不時地偷看著那塊掉在草灘上的肉。這傢伙，活像餓了十輩子似的……牠可能也是餓得沒法兒，才行竊的。

阿洪鬆開爪子。白娃怯生生地繞過去，看看阿洪的臉，終於抵擋不住肉香的引誘，小心地叼起，回到阿洪身邊。

兩個餓極了的夥伴並肩坐著，分別從肉的兩端咬下去。在牙齒下綻濺的油脂，無聲地滋潤著轆轆饑腸。

要不是爲了牠，白娃怎麼會像野狗一樣地挨凍受餓呢。這是一個好夥伴。到了牧場，一定不會當偷兒的，不會。阿洪徹底原諒了白娃。

牠的責任是儘早回到牧場，讓白娃走上正道——最好一天也不要延遲了。

把吃飽了的白娃趕下水，牠們一起游向河對岸，再從那兒跑上公路。

阿洪不再猶豫，牠很有把握地向牠認定的方向撒開腿小跑起來。這倒不完全是牠要急於回牧場——渾身濕透了的長毛，只要一停止奔跑，就會凍得夠嗆。

白娃努力邁著牠的短腿。阿洪每跑一段，就得站下來等牠。

晚風中開始有牧場的氣息了。

那氣味越來越濃。阿洪大口地吞吸著那熟悉的空氣，覺得快樂正一點兒一點兒地充溢牠的整個身心。

牠開始想像那些牧工和牠的夥伴在看到牠後，那欣喜若狂的場面——「金猴」會大吠大嚷得全場都知道，「大黑」那傢伙呢，肯定會先纏著牠摔上一跤。老牧工高興得合不上沒門牙的嘴，一個勁地往火堆裡加柴炭，一邊給牠們燒肉、煮奶，一邊爲牠查看傷勢；場長則會裝出兇狠的樣子衝牠揍上一拳，卻不知不覺地往牠嘴裏塞進一顆酒心軟糖，醉得牠心窩子裏暖暖的……

白娃要知道阿洪會把牠領進那麼大的一個歡樂家庭，還不知會樂成什麼樣呢？

前頭響起了踢踏踢踏的腳步聲。路燈的光暈裏浮現出一匹棕色馬。馬背上騎著個陌生人。

那人戴著黑眼鏡……夜裏，幹嘛戴黑眼鏡呢？

這個疑問還沒找到答案，人馬之後，又走來兩條半大的乳牛犢子，一黑，一花，都帶著勒住嘴巴的絡子，絡子下伸出的牛絢，繫在前面的馬鞍上。

阿洪立即認出這是牠那牛群裏的「黑熊」和「金花」，儘管牠們長大了不少，但乳牛身上的花紋是從出生那一天起就定了型，再也不會改變的，跟牠們朝夕相伴過的牧犬能不認識牠們嗎！

金花也認出了阿洪。但牠叫不出聲，只是站著，用求救的眼神盯著阿洪。

馬背上的漢子跳下來，狐疑地打量了阿洪一眼，掄起鞭子狠狠地往金花背上抽去。

牧人從來捨不得打奶犢子，何況是金花這樣的良種乳牛——牠們長大了，就是一台台產奶機呀！

再說，買牛幹嘛深夜裏走？幹嘛絡住嘴巴不讓牠們叫？

阿洪立時就做出了判斷——這是偷牛賊哩！定是趁黃胖的貪玩貪睡，這賊潛入了曾是牠和斜眼管理的牛群……

不必再遲疑了，阿洪旋風般躍起，直奔那漢子的胸膛。漢子痲利地跳上馬背。阿洪便轉向那副牛綯。

但牠的牙齒還沒黏上綯索，就遭到攔腰一擊，重重地摔在地上。

偷牛賊迅速地把牛犢趕到前面，自己揮動一根長棍，牽馬斷後。白娃從前面攔住小牛。那人用長棍敲打牛背，迫使小牛衝過白娃的攔擊。

阿洪趁這時發動第二次襲擊。那匹老馬卻閃身揮蹄向牠踢來，牠不得不中途放棄進攻。偷牛賊反手打來的棍棒就又重重擊中牠的脊骨。

阿洪又氣又惱。牠冒險從馬腳下鑽進去，咬偷牛賊的腳踝。那馬受牠一嚇，全力狂奔，阿洪又失算了。在人和馬乃至長棍配合得如此默契的情況下，一條狗戰勝他們是很困難的。

一時無計可施，阿洪趕到前邊，也像白娃那樣吠叫著，攔住了前面的牛。那人連忙策馬向前，揮動長棍開路。

阿洪越叫越兇，一呼百應，田野狗吠鬧成一片，偷牛賊也有些慌了。近旁農舍裏還跑出一些大膽的狗，在公路上組成一道柵欄。

有人用手電筒朝這邊照。

「瘟狗！」偷牛賊咬著牙輕聲罵著，跳下馬，從馬鞍邊取下一支獵槍。

阿洪需要的正是這樣的機會——牠猛地撲向馬頭，迫使老馬轉身向來路奔去。兩條牛犢子便跟著馬猛跑。偷牛賊還沒來得及拿下子彈袋，就被狂奔的馬撞倒——馬和牛眨眼脫離了他的控制。

見到槍，攔路的狗都乖巧地逃散了。阿洪和白娃就緊追在牛馬身後狂追猛咬。

老馬當然不甘心受狗驅使，牠衝阿洪、白娃又咬又踢，拚命似的又朝主人那邊衝。偷牛賊也追過來，人和馬越來越近。

阿洪一縱身跳上了馬背，摟住馬脖子，張開大嘴，啃住了馬耳朵。老馬疼得直豎起來。阿洪使勁一拽，疼昏了頭的老馬身不由己，又朝牧場的方向跑。阿洪和白娃就一上一下地操縱著方向，驅趕著馬和牛犢子。

阿洪知道偷牛賊決不會冒打傷馬和牛的危險向牠們開槍的。要不，他費那麼大的勁兒來偷牛幹嘛？

路邊是熟悉的景物了。阿洪興奮地大叫，跟在馬後面的白娃也賣力地扯著牠的破嗓子汪汪汪汪。牧場的探照燈亮了，一小群牧犬從山坡上迎過來……

誰也沒注意到阿洪。這些忠於職守的狗忙著把馬和牛趕回牧場。

阿洪逮住了跑在最後面的黃胖，狠狠地把牠摜倒在地，還在牠頭上拔下一撮毛，作爲對牠失職的懲戒。白娃也仗勢咬了牠一口。等黃胖的慘叫引來大黑牠們幾個，阿洪和白娃已經跑開了。

牠們還要去抓那個偷牛賊。沒偷到牛，反丟了一匹馬，那傢伙肯定不甘心就此罷休——他不會逃出多遠的。

果然，嗅著那傢伙的體臭，牠們沒繞多少路就找到了他。

那人趴在牧場後的高坡上，用望遠鏡朝忽然變得燈火通明的場部那邊望著。他的獵槍就放在伸手可以拿到的地方。

汪！阿洪突然叫了一聲，在灌木叢中兜起了圈子。偷牛賊忙抓起了槍。但他沒有開槍。這兒離牧場太近，何況，槍膛裏就一粒子彈，不到萬不得已，他不敢扣扳機。

阿洪似乎洞悉了那人的怯懦。牠慢慢地向那人逼近，使那傢伙不得不站起身，擺出射擊的姿勢。

阿洪決心跟他耗下去。牠有一百種計謀可以誘使敵人打光子彈，那樣，主動權就是牠的了。當然，牠還可以用叫聲引來牧工和牧犬，圍捕這個罪犯。但牠更樂意獨立擒敵，作爲自己重歸牧場的「晉見之禮」。

牠決沒料到白娃會在此時繞到那人身後。自以爲偷襲得逞的短腿狗咧開橫闊的大嘴，一口咬住了那傢伙的小腿；偷牛賊怪叫一聲順過槍桿……

阿洪已別無選擇。牠大叫一聲從灌木叢後躍起，正面朝那人撲去。

砰！子彈擦著牠的前胛，在那兒留下一片火烙般的劇痛。

阿洪壓根兒沒把那槍傷當一回事，牠猛地按倒那傢伙，沒有咬牠的咽喉，卻施展牠拔毛的慣技，用牙尖將偷牛賊的頭髮一綹綹拔下來。

那傢伙沒命狂叫。這正是阿洪所盼望的。偷牛賊的叫喊會爲循槍聲趕來的牧人牧犬引路。牠要讓牠的老朋友們看到——

相別百日之後，牠阿洪仍然是一條勇敢的狗。

白娃則忙著撕扯偷牛賊的乾糧袋，從裏面找到一塊夾肉大麵包，心滿意足地啃食起來。

人聲犬吠，在電筒光的指引下向這邊奔來了……

第二部
牧場英雄

狗王

重新上任的阿洪堅決地趕走了黃胖，只讓白娃充當牠放牧的助手。牠可以原諒勤勉者的能力不足，對懶惰卻絲毫不能容忍。

牧工當然要維護原來的安排。於是黃胖一次又一次哀哀地哭叫著逃走。牠額頭上的毛幾乎被阿洪拔光了。

「不行，我得讓牠知道在這兒誰是主人！」管理牠們的絡腮鬍子牧工氣憤地說。他決定好好整治一下阿洪的傲氣。這種傲氣，自阿洪回來之後，開始在幾條大狗中蔓延了。

「在這檔子事兒上，你還是聽牠的吧。」老牧工說，「你拗不過牠的。再說牠趕走那懶狗也有道理，黃胖不適宜放牧乳牛，讓那懶東西去守著公牛霍克吧。」

可是絡腮鬍子不願讓步。他抄起那根專門用來對付狗的皮鞭。阿洪閃開了，鞭梢落在白娃背上，把那矮狗揍得汪汪叫著滿地亂滾。

阿洪便不再躲避。當皮鞭再次抽過來時，牠準準地一口咬住，使勁向自己這邊拽。絡腮鬍子漲紅了臉往回抽，阿洪卻突然鬆了口。

那漢子冷不防摔了個屁股蹲兒。阿洪沒等他爬起身就從他手裏奪過了皮鞭，在鞭柄上咬了一口，吐在地上，然後護定白娃，犟在那兒。

「怎麼樣？牠懂得用這來回報你的不公正。」老牧工息事寧人地拾起皮鞭，抽了阿洪一下，「瞧，牠知道自己做過了火，認錯了。」

「這狗準是得了狂犬病！」絡腮鬍子狼狽地爬起身，「我敢打賭！」

「瞎說！牠只是想告訴你，牠的做法沒錯！」老牧工在空中打了個響鞭——這是「出牧」的信號，阿洪和白娃便興沖沖地追向自己的乳牛群。

絡腮鬍子再無話可說。他準備找到阿洪的過失後，再來「收拾」牠。

在小白樓裏吃喝玩樂長成的一圈圈脂肪和軟綿綿的贅肉，妨礙著阿洪。爲去掉這些累贅，阿洪領著白娃進行了一個月的加強訓練。牠們格外賣力地圈牛攔牛、制止鬥毆，還虛張聲勢地在峽谷內外追逐，攻擊著想像中的狼。

冬天的牧區確實有狼。只是牧犬很少有機會跟牠們遭遇上。這些狼，儘管牠們打心眼兒裏瞧不起牧犬，但牠們清醒得很——牠們知道這種被馴化的同科兄弟背後有萬能的人。牠們犯不上直接得罪人類。再說，牧犬中也真有讓牠們膽寒的好身手。牠們決不輕易捲入一場可能「失分」的競賽。

野狼如此精明的頭腦，使牧犬的生活在很大程度上變得枯燥乏味而且失去了立功的機會。沒有流血戰鬥，牧犬就變得像守家看門的農家狗那樣平庸無奇。最好的牧犬，也只好以這種虛擬的「戰鬥」來證明自己的重要性。

在牧人眼裏，這種戰爭遊戲卻是必不可少的。牠不僅是牧犬的一種自我訓練，有利於提高每一條狗的戰鬥力，而且是對野生害獸的威懾。倘無牧犬的喧鬧，被饑寒驅使的野狼說不定會在哪一刻偷襲牧群。

阿洪在這種遊戲中訓練得特別認真。牠用爪牙迫使鬆懈下來的白娃跟牠一起奔襲。事情明擺著——白娃被那家人嬌慣得早已不像一條狗。若不是牠曾被人偷出去在馬戲班受過小半年折磨，白娃早在尋找牧場的途中就累死了。牠必須強化這種「折磨」，把白娃馴成一條夠資格的牧犬。

牠要用事實向絡腮鬍子證明：牠的做法沒有錯。

在牧犬們相聚時，白娃還被迫著跟夥伴們打架。有時是阿洪親自上。牠毫不留情地衝向白娃身上的要害部位，讓白娃熟悉惡狗和野狼的戰術。

這種半是訓練半是懲罰的方式極有成效。沒多久，白娃就由「疏鬆型」變成了「緊湊型」，瘦了，高了，也「野」了。

當白娃很像一條真正意義上的牧犬時，阿洪自己便達到了牠生命和體質的頂峰。牠像一隻上得緊緊的強大發條，飽蓄勢能，隨時處於最佳「備戰狀態」。進入這種狀態，牧犬就不再是頑童式的打鬥所能滿足的了。牠變得沈靜、嚴肅，如置身於兩軍對壘前沿陣地的勇士。風中的一絲血腥，地面的一道爪痕，都會在牠的眼眶深處激起一道電光；感官和強壯的肌肉群也隨之做出異常迅疾的反應，牠彈躍而起——

一隻飽食了松鼠、從樹梢墜落的九節狸，被牠凌空咬碎了腦袋，一隻肥壯的花面猸血染塵埃……

牠總是全無必要地用力過度，而飽蓄的「勢能」仍然不能盡情發揮，最後只能無可奈何地轉化爲筋肉，不斷地加強牠的體質。

殘冬的最後一場雪融化後，阿洪的體重減輕到了二十九公斤。經過嚴格篩選的肌腱，再沒剩下一塊贅肉。此時的阿洪便無所謂冷熱、也無所謂疲勞，彷彿一台精鋼打造的機器——只要「燃料」（食物）源源不絕，牠就能無止無休地工作下去。

冬牧場南邊，鐵路拽兩道寒光鑽入一座大山的肚子。那兒是牧群的禁區。自從一條農家水牛跟一台機車同歸於盡，牧工和鐵路巡道員對散漫的牛群就加強了警惕。只要牛群踏入禁區，分散的牧犬就會自動集中起來，在那兒結成一道屏障。

那天午後下起了春雪。

被漫天飄舞的雪花撩撥了豪情，公牛霍克突然闖向「禁區」。仗著粗大的犄角和一噸重的身軀，霍克左衝右突，霎時攻破了牧犬的圍欄。牠的守護者黃胖盡職地擋在前面，被牠一晃頭角，打得飛起來——

黃胖飛灑的血，在薄薄的雪地上抖開一把鮮紅的巨大折扇。

被公牛的巨力所震懾，牧犬乾吠著，不敢再靠近。霍克便神氣地撒開四蹄，跑下山坡，從鐵橋下直衝上路基。

遠處有牧人焦急的喝斥。列車的長吼，蓋過了人和狗的喊叫。路基震動起來，一台橘紅色的內燃機車鑽出了隧洞，向長長的坡道之下的鐵橋開來。

霍克昂首向那邊望著，突然跳入兩條鐵軌之間，擺出角鬥的姿勢。列車發出驚悸的嘶鳴——陡坡、高速和突然出現的情況——

牠根本不可能克服自身的巨大慣性！

在高速行駛的列車前頭，公牛和牠身後的橋樑、鐵橋下幽深的河谷組成了一個驚歎號。它的意義倘用確鑿的文字表達，就是「死亡」！

頂著飛雪往回驅趕乳牛的阿洪站下了。牠朝那邊瞥了一眼，扔下牛群，似一個勁射的足球向鐵路飛去。

越過牛群。衝開了亂糟糟的狗陣。躍過了昏迷不醒的黃胖……阿洪飛上路基。

列車離公牛只剩兩百來米距離。汪汪！嗷嗷嗷！阿洪怒吼著用身子撞擊公牛。

阿洪的干涉令霍克大爲掃興。牠搖頭晃角，向牧犬挑來。阿洪從牠身子下鑽過去，借牠身子前傾之機，咬住公牛一隻前腳，使勁向下拽。

公牛倔強勁上來了，牠反而撐穩四蹄，一動也不動。

列車越來越近。阿洪轉到側後，冒著被挑穿肚子的危險撲上牛頭，伸爪撓向公牛的雙眼。公牛忍痛，瞇緊眼皮，仍然牢牢站著。

阿洪大叫一聲，咬住公牛鼻子從牠頭頂翻過去。怒不可遏的公牛一頭撞來，摔下路基——

列車幾乎是擦著霍克的身子呼嘯而過！

不知死活的霍克還在跟阿洪糾纏不休。阿洪繞到牛尾巴後連咬幾口，痛得那傢伙嗷嗷大叫。阿洪還不甘心，趁牧工尙未趕到，牠又縱上牛頭，用牙齒拔公牛額頭上的毛。

霍克連縱帶跳跑下河灘，被趕來的牧工揪住拴鼻子的韁繩一頓好揍，阿洪才心平氣和奔回自己的牧群。

白娃迎住阿洪，跟牠碰了碰鼻子，彷彿牠們不是離開了幾十秒鐘，而是闊別多日似的。

這次事件讓全牧場一致肯定對阿洪的看法。大夥兒都把牠當做牧場的驕傲，讚揚和賞賜雨點般地朝牠飛來。那個一心要找碴兒報復阿洪的絡腮鬍子，也當眾賞給阿洪一隻他親手燒烤的野兔，摸著阿洪的腦袋說了一大堆感激的話。

阿洪冷漠地接受這一切。牠聽不懂人言。但牠從那些人的表情中知道——這是些只有小狗娃才樂意聽的廢話。

牠是牧犬。牠所做的並沒有超越牧犬的職責範圍，完全不必大驚小怪。

不樂意聽這些廢話，阿洪就跑開去，到羊欄、豬圈或是兔場去轉轉。白娃當然跟著牠。

牠們很驚訝「良種兔」的愚蠢無能。倘不是親眼所見，阿洪無論如何也不會相信這樣愚蠢的動物居然能在世界上活著，而且混得挺不錯。

兔子們都蜷縮在各自的籠子裏。只有在餵食時，牠們才懶洋洋地挪動一下。扔進籠子或是食斗的食物，如果不是碰巧落在牠們的嘴邊，牠們就得花上許多時間才能找到，以致阿洪常懷疑這些傢伙是不是徹底喪失了視覺和嗅覺。

牠們也不懂得將吃不完的東西儲存起來，反倒一下子撥翻。儲存，那可是耗子都會幹的呀！

更可笑的是，這些孤僻的傢伙只要一見面，就打得頭破血流、不可開交，如果飼養員不把牠們揪開，牠們會打到其中一隻死去爲止。

在產下崽子後，牠們也只顧自己的兒女。假如別窩的崽子找錯了窩，母兔就毫不猶豫地把牠吃掉。就是自己的親生兒女，在離家三五日後，母兔也會全不認賬地將兒女咬得落荒而逃，不讓牠們回家。

不可思議！

牧場上長大的阿洪知道，小小跳鼠也會儲存糧草，野兔在遇到別窩的孩子時，會不分親疏地餵奶，會全力保護牠們——這是爲了整個家族的生存和繁衍而必須遵守的公德呀。可這些「良種兔」……

反覆觀察的結果，阿洪認定這些東西是被人類慣壞的。即使像牠一樣的牧犬，在貴婦人和「奶酪」家裏過上幾個星期，不也會長肥、變笨嗎？要與人類共處而又不退化爲廢物，就得勞動……一種自豪感油然而生。

阿洪對那些「良種兔」的看法便由可憐而生厭。牠決計要懲罰牠們，或者，像訓練白娃那樣的去掉牠們身上的懶散和嬌氣。

那天傍晚，趁飼養員把幼兔放到空場上活動的時機，阿洪把幾個小傢伙趕出了飼養場，在白娃的幫助下，把牠們一直攆到野地裏。

這些小兔還帶著幾分機敏，等牠們被人寵成了完全的廢物，就再也沒法改變了。

別害怕，小傢伙！你們會在荒野裏獲得自由和歡樂，會變得勇敢機智，會成爲荒野之王的……

那場春雪下了三晝夜。剛解凍不久的牧場又披上了皚皚雪甲。夜深了，阿洪和白娃坐在老牧工的火爐邊，看著肉塊在火苗裏快活地嗶剝作響。

捲著雪粒的北風掠過屋頂，如同狼群在野地裏行歌互答。老牧工哼著小調，擦著一支陳舊的獵槍。阿洪知道，明天將是怎樣歡樂的一天了……

忽然，大黑和幾條牧犬悄沒聲兒地擠開門鑽進了屋子。

「出去！這兒沒有你的位置——大黑！還有你，斑鳩、懶猴！」老牧工喝斥。牧犬卻不似平常那樣聽話。牠們壓抑地汪汪著，爭著往老人的床底和桌子下拱。

「都瞧見啥啦？你們這些啞巴畜牲！」老人親切地罵著。往槍膛裏裝進兩顆子彈，他站起身走出屋去。

牲口的哀叫，被狂風抖散成一縷縷不安的烏雲。小牛圈的木門那兒，有兩盞綠瑩瑩的「燈火」——是豹！

砰！豹子用身體撞向木門。裏面的小牛叫得更慌亂了。守衛在那兒的一對牧犬早嚇得不知去向。

老人端起槍，即刻，又放下了。他擔心子彈穿透木門傷了裏面的牛崽子。阿洪看看老牧工，知道沒有必要再等待了，牠就筆直地向豹子彈射而去。

老牧工忙吆喝了那幾條狗，匆匆地跟上來。

豹子不敢戀戰，返身朝山林奔去。阿洪緊追不捨。牠們跑向牧場更高處那片稀疏的森林。

林子變了樣。樹與樹之間沒有了草，都成了平展展雪白一片。飛奔的老豹突然站住，轉過身來。

追上牠的不就是一條狗嘛！幹嘛傻逃？狗肉雖說不能跟犢子肉相比，但送上門來，牠沒理由不接受。豹子愜意地伸長了腰身——牠比阿洪還長半個頭。

貓科動物的悍勇和機敏本來就勝過犬類，何況那麼大一隻老豹。牠的經驗，牠的戰績，都遠非阿洪可比。

阿洪並不懂得這些。牠是一條盡職的牧犬，對於侵入牧場的肉食猛獸有著天然的仇視。而且，牠早就在等待著這麼一個可以發洩力量又可以立功的機會。眼前的豹子，牠當然不會放過。

老豹發動了旋風般的進攻。牠志在速成。這兒離牧場太近。讓持槍的人趕上，麻煩就大了。

阿洪迎面而上。牠也急於儘快打敗豹子。牠也擔心人和別的牧犬趕來。一場「一比一」的公平決戰，就不應依靠任何外力。

兩個心急如焚的死對頭咬成一團。阿洪採取的是對付狼的戰法。三兩回合後，牠發現豹比狼要柔韌而且兇猛得多。阿洪進攻的爪牙不是咬在空處，就是受制於對方的利齒和爪子。豹子那伸握自如的掌爪要比狼比狗厲害多了，阿洪頭上身上很快被點綴了十多處有如刀割的傷痕。牠自己呢？僅僅咬到兩嘴豹子毛。

阿洪急了，牠奮力掙開豹子的摟抱退開幾步，再猛衝過去，將老豹抵在一棵大樹根部，張嘴咬住豹頸。老豹揮掌揍來，阿洪扯下一塊帶肉的皮毛，迅速跳開……

仗著這快速進擊——瞬間撤退的戰術，牠連連得手，又在豹子的背部腹部撕開好幾道豁口。人聲犬吠漸近。老豹略一分心，被阿洪啃斷一隻豹爪。那畜牲大聲痛叫著滾下雪坡。阿洪正要乘勝追擊，老牧工喝住了牠。

在獵槍的有效射程之內，牧人決不讓牧犬做無謂的冒險。老人決定用他的神槍解決這一場血戰。

然而，獵槍所指之處，不見了豹子的蹤影。只有一片茫茫雪海在黑夜中泛著灰白。風起處，彎成弓形的竹子和山茶紛紛抖落身上的重壓彈起身子，隨風飄蕩的雪，便將瘸豹的血跡掩蓋得嚴嚴實實。

除了阿洪，牧犬們都有些畏縮。老牧工便堅決地制止住企圖「孤軍深入」的阿洪，領著牧犬們凱旋了。

「你呀你呀，」場部的醫生一邊給阿洪用酒精棉清洗傷口一邊埋怨，「那是豹呀，你當是好玩兒的？」

「咱們這些牧犬都不行了。」一個乾乾瘦瘦的牧工說，「這麼大一群，卻叫一隻老豹打敗了……還叫啥子狗王哩！」

瘦乾巴頂不服阿洪。自從阿洪救火車的事蹟上了晚報，又被人家稱做「狗王」，他就對阿洪一肚子不滿，總要找機會損牠。

「誰說敗啦？阿洪獨個兒戰老豹，不是還啃下一隻豹爪嗎……」老牧工替阿洪打抱不平。

「可牠付出的代價比兩隻豹爪都大！」瘦乾巴很內行地看看阿洪的眼神，「我一看就知道——這狗給嚇成了精神病，牠這輩子沒膽量幹仗啦！等著瞧吧，我才馴得出真正的狗王哩！」

「你只會餵菜狗。乾巴！」絡腮鬍子不客氣地把瘦乾巴搡出屋，「你的狗，給阿洪舔腳都沒資格。」

「我一定得讓牠比阿洪強一倍！」瘦乾巴敵不過絡腮鬍子，嘴巴卻不甘示弱，「你們等著瞧……」

老牧工把阿洪領回自己的房間。白娃守著阿洪，不住地用舌頭給阿洪舔傷口。獸醫只得給白娃也注射了疫苗。因爲吃了一輩子生肉的老豹，牠那爪牙裏不知寄生著多少病毒。

「幸好你不懂人話。」老牧工對阿洪說，「要不，光是瘦乾巴那番話，就會激得你獨個兒跑進山林找瘸老豹一決雌雄的！」

沒聽懂人話的阿洪仍然按自己的方式生活著。牠身上的傷勢並不要緊。第二天，牠又歡蹦亂跳了。牠好像忘記了那豹子。當老牧工將風乾好的豹爪作爲一枚榮譽勳章給牠吊在脖子上時，牠疑惑地嗅了好一會兒，然後才坦然地接受了這份殊榮。

這枚「勳章」給牠帶來了一些方便。任何一條狗，在看到（或者嗅到）豹爪時，都會帶著謙卑敬畏的神色給牠讓路。假如阿洪要制止一場牧犬之間的爭鬥，只要挺著胸膛往那兒一站，爭鬥的雙方就立即知趣地「停火」。

甚至白娃也沾了不少光。知道牠是「豹爪」的鐵哥們兒後，就連附近鄉村的狗都不敢歧視牠的醜臉和短腿了。

細心的老牧工卻看出，豹子事件後的阿洪，不像先前那麼狂妄、那麼目中無人了。牠桀驁不馴的眼神漸漸被一種更爲成熟的冷靜所替代。

擁有這種眼神的狗，是不會忘記牠的仇敵的。變得冷靜卻威武如故的阿洪，更加確立了狗王的地位。許多人都不叫牠的名字，改稱「豹爪」，或者乾脆直呼「狗王」了。

人畜之間

天轉晴了。綠色的風順著南坡往上爬，終於抹掉了山巔上最後一片積雪。世界重又變得五彩繽紛。

牛群剛走過，山岩下的石洞裏跑出一隻奇怪的小動物。白娃追過去，小動物嗖地縮回石洞，不一會兒，又從另一個方向鑽出來。

白娃悄悄跟蹤著。

小東西啃食著烏毛刺的細小嫩芽，大腦袋不停地向四周轉動著。眼看就要接近白娃的大闊嘴，牠又嗖地彈開了。

但這過於緊張的行動，反使牠躥到了阿洪的爪子底下。小東西發出一聲刺耳的尖叫，阿洪這才看清前爪按住的是一隻兔子。

這兔子的毛色原是白的，只是身上結了太多的泥垢，才變得灰不溜秋。更好笑的是牠那雙耳朵，不知被誰咬去了大半截兒，只剩兩片短短的方塊，無怪乎離遠了還真認不出來。

阿洪依稀記起牠從兔場撐出的那群「良種兔」。這肯定是其中的一隻。因爲這一帶的野兔只有棕色和麻灰色，從沒見過白的，而且，野兔的臉頰要短得多，也不會這麼瘦骨伶仃、無精打采的。

只有尚未徹底適應野外生活的家兔才會如此狼狽，才會餓得在大白天冒險出來覓食……

畢竟活下來了！不管牠活得多麼艱難。

牠們是都活著，還是只剩這一隻？

牠們是僅僅學會了逃生和覓食，還是懂得了儲藏食物和與同類相愛？但願牠們不再傻乎乎地自相殘殺。

阿洪鬆開爪子。骯髒的小兔跳起來直奔岩洞而去，那速度，竟賽過了野兔——簡直不敢相信牠兩個月前還是死氣沈沈的籠中囚徒。

原來，在食來張口的囚禁生活中喪失的生存能力，一旦回歸自然，就會重新獲得。

大自然是公平的。只有靠自己努力爭取生存權的生物，才能擁有活力，享受自由的幸福……

白娃又盯住了兔洞。阿洪喝住了牠，兩個一左一右追上了牠們的乳牛群。

牠們的牛群中減少了一個最高大的成員——那頭曾經最受擠奶工寵愛的花斑乳牛黑雲。

黑雲每次能擠下兩桶奶。每天三次，牠產的奶足夠牠的兒女在裏面洗澡的。乳牛都不十分看重自己的孩子，牠們大都失去了哺乳的本能，兒女一出世，就交給人類用人工哺乳了。

牠們產犢只是爲了給人類產奶。每年生一個孩子，就能持續產奶三百天。乳牛的母性，舐犢之情和家庭的天倫之樂，都作爲向人類的奉獻而犧牲了。

對人類來說，乳牛的貢獻是「高尚無私」的。當乳牛老得不能產崽產奶時，他們就把那些老牛集中到肉用牲畜群裏，餵肥壯了，好叫牠們再爲人類做最後一次「無私奉獻」。

肉用牲畜的最終結局，阿洪最清楚。牠常常在那兒碰上屠工們宰殺壯牛。屠工舉起斧頭，將擱在牛角後面那個凹陷裏的一枚小石子砸進牛頭，趁牛昏迷，再將長長的柳葉刀捅進牛的心臟，而後血淋淋地剝皮、剮肉……

那種場景，屬於食肉類的阿洪並不害怕。牠對人類的信任和依戀，也並未因此而淡化過。但牠總感到不舒服。那感覺就像一塊新鮮的筋肉沾上了沙子，一盆潔白的牛奶裏落進了灰塵。牠不想看，但牠又不能不常常撞見那血淋淋的場面。

母牛黑雲被牽走那天，阿洪悄悄送了好遠。

黑雲是牠的「奶媽」。當牠還是一隻「玩具熊」的造型時，牠就失去了母親。在老牧工照顧下，牠從沒挨過餓，但趴在黑雲的肚子下偷食鮮奶，卻成了小阿洪寄託對母親依戀之情的特定方式。黑雲不像別的母牛那樣兇，牠任小狗吸著舔著，還揚起大尾巴梢替阿洪驅趕牛虻。

小阿洪吃得不能再飽了，就趴在那溫暖的大乳房上甜甜地睡去……

現在，這慈愛的乳母也要走向最後歸宿了。

柔和的霞光如被狂風掃蕩的野桃花，一綹綹積在天邊。濕潤的風在醞釀一場春雨。阿洪和白娃剛把牛群趕上牧場，就聽到肉牛圈那邊傳來一聲破號般的慘叫。

阿洪登上高坡。

沒命奔逃著的，正是老牛黑雲。

黑雲身後，追著一名高擎斧子的屠工。「攔住——攔住呀！」屠工大聲嚷嚷，「大黑，你這叛賊，幹嘛不咬——攔住牠呀！」

黑雲朝這邊跑來。在生命的危急關頭，牠居然記起了向自己的牧群、向牧犬求救！

阿洪迎上去。牠看清了老牛角根淌下的鮮血和一截掙斷的韁繩。

汪汪汪汪！阿洪怒吼著，讓過黑雲，牠攔住了後面的追兵。那些牧犬從沒動真格兒地咬過乳牛，被阿洪一攔，便各自四散回牧群去了。

「阿洪，給我咬——擋住！」追上來的屠工大叫，「你聾了，你這發狗瘟的叛賊……」

他紅了眼，揮動鈍斧朝攔路的牧犬砍來。

阿洪閃過那鈍斧，撲上去，用身體將屠工手中的斧頭撞掉了。這是牠回牧場後，第二次公開抗拒人類。

「瘋啦——阿洪瘋啦！救命！」屠工大叫。

有人提了槍趕過來。但阿洪並沒採取進一步行動，牠只是護定那柄斧子不讓屠工接近。

提槍的人嬉笑起來：「瘋了的是你，不是阿洪！」

「把槍借我一下！」屠工說，「黑雲逃了！」

「什麼？用槍去對付一頭牛？」那人不屑地策馬走開了。

屠工看看瞇縫著眼的阿洪，終於不敢過來拾斧頭，罵罵咧咧地往回走。

阿洪就那麼站著，直到牠看不見黑雲逃奔的背影，才回到牠的牛群。

一整天，阿洪都靜不下心來。牠一會兒跑上高坡，朝黑雲消失的方向望著，一會兒又焦急地繞著牛群兜圈子。白娃像影子一樣跟定牠。

收牧時，下了一場大雨。把牛群趕回去後，阿洪和白娃跑進了山林。

沒費多大工夫，牠們就找到了黑雲。

老牛頭頂淌下的血，在角根和左眼之間凝成一片閃亮的膠質。聽到腳步聲，老牛驚恐地瞪大眼睛，艱難地搖搖晃晃地往山那邊走。

阿洪跑到老牛對面，讓老牛看清是牠。但老牛似乎對人對狗都失去了信賴，還是掙扎著往林子裏走去。

不行，這樣會把黑雲越趕越遠的。而林子深處有狼，還有那隻瘸腿老豹。

阿洪退開了。牠只能遠遠跟著老牛，盡力保護老牛不被野獸侵害。這仍在牧犬職責範圍之內。但是，如果牧場的人趕來殺黑雲，牠還跟人類對抗嗎？

牠不知道。

牧犬有限的思維，使牠無法作出長遠計劃。牠的行爲大多數具有隨機性和偶然性，一閃念的感恩，突如其來的憤怒，都可能使牧犬激烈地行動起來。

但牠們仍然遵從一定的道德標準。比方說，即使瀕臨餓死，牧犬也不會吃人，甚至不會攻擊人類託付給牠們保衛的牲畜──因爲牧犬是世間一切犬科動物中最聰慧、最通人性的。

這一夜，牛和狗相安無事。老牛在半夜裏臥下來睡著了。阿洪便知道牠對自己已無戒備之心，而且，牠又把牧犬看作了守護神，否則老牛是不敢在野獸出沒的野外安然入睡的。

天明時，兩條牧犬跑回了牧場。牠們不能丟開日常工作。而在夜間加倍勇猛的肉食野獸，一到白天，就會變得小心謹慎。牠們在老牛身邊留下的氣味，足以嚇退陽光下很少出動的狼或豺了。只要人類中的劊子手不找到那兒，老牛黑雲在大白天是不會有什麼危險的。

第二天傍晚，牠們在進入山林的中途，發現了騎馬狂奔的屠工。那傢伙渾身髒汙，一隻手臂上鮮血淋漓。

是老牛傷了他嗎？不可能。那麼，他是碰上什麼可怕的野獸了？躲過屠工，阿洪和白娃循著氣息向那邊跑。牠們聞到了豹子的血腥味。

老牛安詳地嚼食著青草。似乎，牠還沒有發覺迫在眉睫的危險——屠工來追殺過牠，卻在中途被豹子趕跑；而救過牠的瘸腿老豹，將在今夜向牠發動攻擊……

阿洪像昨夜那樣，在離老牛不遠處找個地方躺下來。這兒不會驚動老牛，又可以監視老牛四周的動靜。

半輪月亮探出東山梁，四下裏仍然一片沈寂，只有蟲鳴和枝葉間輕吟的風聲。一株松樹半腰凸起一個巨大的疣子……那疣子忽然拉長，無聲地移動起來——正是那隻瘸腿豹！

豹子爬下樹，緩緩向老牛那邊逼近。

倘不是牠，老牛白天就被屠工宰了……但牧犬決不懂得留著這老豹來牽制人類。牠只知道，凡是向家畜進攻的野獸就在可誅之列。

牠們緊張地望著那個方向。瘸了腿的老豹仍然是強大的。必須趁老豹全力對付乳牛時出擊。

白娃禁不住一聲驚叫。這聲音驚動了牛和豹子。黑雲慌不擇路地逃向峽谷深處。瘸腿老豹便不再躲閃。牠將一根粗樹枝扳成弓形，借助樹枝的彈力，把自己射向老牛！

這支威風凜凜呼嘯著的「箭」卻中途墜落——阿洪撞翻了牠。豹子打了個滾兒，怒吼著向干擾牠捕食的第三者撲來。

阿洪沒容牠落地，就乾脆俐落地在牠的斷爪處咬了一口，然後迅速退開。於是瘸腿老豹看清了阿洪胸前的豹爪。

兩個老對頭正面相峙。那製成乾兒的豹爪，又使牠們之間的仇恨之火燃燒到白熱化程度。

豹子低俯前肢，讓自己的胸腹要害緊貼地面。失去一隻利爪，使牠倍加兇殘，但也使牠變得更爲謹慎和狡詐。

阿洪則盯住豹眼，努力捕捉著對方行動前的徵兆，以便抓住時機短促出擊。有了前次的教訓，牠知道萬萬不能被老豹那柔韌有力的身子纏住。

誰也不會料到，生性膽怯的白娃在瘸腿老豹咄咄逼人的威勢下，竟敢施展牠最擅長的偷襲——牠哭也似的怪叫著突然出現在豹子身後。那橫闊的大臉，使豹子不得不把牠當做比阿洪更危險的敵人。

瘸腿老豹揮起僅存的爪子轉過頭去。

猛獸對陣，豈容分心！阿洪沒等牠碰上白娃，就以鋼簧般的彈力衝撞過去——牠們一起摔下高高的岩坎。

老豹在落地的瞬間摔斷了腰椎，一雙後爪徹底報廢。阿洪的鋼牙扼住牠的喉嚨，白娃便不失時機地啃下老豹剩下的那隻前爪！然後，兩個夥伴歡呼著扒開了那猛獸的胸膛……

值得慶賀的一役。阿洪快樂得忘記了自己進山的目的。直到白娃在地上叼起一隻摔斷的凝著乾血漿的牛角，牠才想起牠的奶媽。

牠們撇下死豹順谷底溪流追去。老牛還在沒命地逃奔。阿洪牠們趕到老牛前頭，坐下，躺倒，那牛才心有餘悸地站下來大喘特喘。

阿洪和白娃就那麼躺著，用酣睡穩定老牛的情緒。

老牛的斷角上又滲出了鮮血。但牠還能吃草，喝水，待情緒穩定後，便慢慢地臥下，磨動著牙床，合上雙眼。

春夜於是重歸靜寂。花木的芬芳，也更濃郁醉人……

白娃叼回的牛角，使全場都相信黑雲被瘸腿老豹吃了。屠工就不再嚷嚷要求派獵手進山。只有阿洪和白娃還是每晚去陪伴老牛。

沒有了豹子，還有豺，有狼，牠們不放心讓黑雲單獨在外過夜。

「這兩個東西野了。」看到牠們每天一大早渾身泥土草屑的樣子，瘦乾巴牧工說，「我敢擔保，牠們在外頭被人收買了——不是替賊守贓，就是去鐵路上行竊！」

老牧工罵他胡謅，要揍他。瘦乾巴便把狀告到場長那兒。於是場長吩咐老牧工領幾個人帶上大黑去跟蹤一回。他們在山谷裏發現了那隻已經開始腐臭的死豹。

「我說過，阿洪不會放過牠的！」老牧工激動地說，「要不，牠就枉稱狗王了。」

「天曉得這老豹是怎麼死的。」瘦乾巴說著風涼話，「興許是雷劈死的，是毒弩射死的……」但老豹身上的傷痕說明了一切。大夥兒知道瘦乾巴是出於嫉妒閉著眼睛說瞎話，就沒理睬他。

大黑聳動著鼻翼繞了個圈兒，又領著人們順山溪向上游走。

沒走多遠，他們望見了一幅活動的圖畫——朦朧月色下，兩條狗伴著那獨角老牛。阿洪莊嚴地像一名衛士，白娃卻一會兒撲向草叢，一會兒跳進泉水，把水花踢打成稀哩嘩啦一片白霧，活像個在老奶奶膝下撒歡的孫娃娃。

老牛黑雲已是步履艱難了。牠安詳地嚼草，無力地甩動尾巴驅趕蟲子。

悄悄喝住了想要跑過去的大黑，老牧工招呼大家回去，別再驚擾了牠們。

一路上，幾個牧工誰也沒說話，就連瘦乾巴也停止了他討厭的嘮叨。朦朧月下的那幅圖畫深深地印在每一個人的腦子裏，誰也不想驚散那一片靜美……

當晚，在場部辦公室裏通過了一則臨時公約：今後，誰也不許再去追殺母牛黑雲。就讓那好心的狗兒每晚去陪伴牠，在野地裏度過餘生，直至壽終正寢吧。

但這樣的日子沒能過很久。

有一夜，阿洪和白娃在泉邊找到黑雲時，老牛趴著，伸出的嘴耷拉在水邊潔淨的碎石上，一動也不動。

牠死了。

山洞裏的秘密

氣溫漸漸轉暖。抖落一身冬茸後的阿洪更加矯健、精神。

白娃也脫毛，但牠脫得很不均勻——頭上和尾巴原封未動，腰背處卻露出了皮膚，這使牠很苦惱，因爲蚊子有了可乘之機。牠只好一有空就往水裏鑽。

阿洪每次都陪著牠。離盛夏還遠著哩，游泳就成了這對夥伴的每日必修課。

在河灣裏追著魚，牠們學會了深潛。

水下石壁半腰有一個洞，黑糊糊的，像水怪的大嘴。在那兒探頭探腦偵察過幾回後，白娃竟冒冒失失鑽了進去。阿洪連忙跟上。

一番幾乎令牠們窒息的掙扎之後，牠們從洞的那一端冒出了水面。牠們發現自己仍在洞裏，不過這是洞的另一部分。這一部分不屬於水的世界，裏面有黑色的風。又高又遠的地方，透著一絲微光。

牠倆迎著那微光跑去。

洞裏曲曲折折，時大時小，擠過一段窄小的「咽喉」後，前頭豁然開朗，刺眼的亮光刷地佔據了整個視野——牠們看到了洞外的陽光。

原來洞的這一段大得像牛舍。牠的出口，竟在離牧場不遠的亂石崗子裏。

阿洪跑出去認清了地形，又急急地趕回牛欄般的大石洞。因爲牠剛剛聽到動物的喘息聲。

循聲找去，有一扇關公牛的那種鐵柵子門。柵門將洞內一個凹陷的小洞與大洞隔開，裏面關的卻不是牛，而是一隻三尺來長的黑狗。

看見同類，黑狗顯得異常激動，牠撲著跳著，狠勁搖撼著鐵門，想從裏面衝出來。

幹嘛把一條好好的狗關起來呢？阿洪和白娃便也懷著滿肚子不平，從外邊搖撞起鐵門來。

但鐵柵就是鐵柵。三條狗折騰了好久沒有挪動它半分。

黑狗衝動地啃咬鐵欄杆。阿洪跟牠碰碰鼻子作爲安慰。不料黑狗猛地張嘴咬來——阿洪鼻尖被咬破一道小口子。幸虧牠縮得快，又有鐵柵子攔著，不然，那怪癖的傢伙準會把牠的鼻子啃下來。

白娃惡聲惡氣地衝那不知好歹的黑狗吠了幾聲，黑狗也隔著鐵柵子跟牠們惡言相對。阿洪覺得這不可理喻的瘋狗太沒意思，就吆上白娃，一起離開了那兒。

跑出洞口，還聽到那瘋狗在破口大罵。這種東西，欠揍！

這天剛收牧，有人叫阿洪。

叫阿洪的是場長。場長後面站著瘦乾巴，一旁還站著個戴眼鏡的高個子。

「好傢伙！」戴眼鏡的人看到阿洪就叫起來，「牠肯定不是純種藏獒，個頭兒也不算頂大，但我敢擔保——這正是我的專家們想要找的。」

瘦乾巴不以爲然地撇撇嘴。

「捨不得呀，夥計！我真捨不得把牠給你。」場長攏住阿洪，把手指插進牠蓬鬆的長毛，「這傢伙通人性！除了不會說話……」

阿洪不動聲色地站著。牠不像那些愛撒嬌的狗，主人摸摸腦袋，就醜態百出地在人腳下打滾。牠是把人看做平等夥伴的。

「顧全大局，老同學。」眼鏡友好地摟住場長的肩膀，「你想想，你的牧場有這麼多良種牲口——荷蘭黑白花、夏洛萊、安格魯斯、三河馬……還有全市第一流的牧犬。可我有啥，白手起家，要接辦寵物飼養場，沒你的支持，吃了豹子膽我也不敢簽責任狀呀……」

「行啦行啦。別盡揀好聽的說。我同意把牠——讓給你，連同牠這個形影不離的小夥伴，我們管牠叫白醜……」

「這傢伙倒是醜得可愛。可惜，牠不是純種的虎頭勃雷恩……我估計牠是勃雷恩與沙皮雜交的後代。這種狗不值錢，頂多能賣個三千五千的……」

「阿洪也是雜種！」場長不高興了。

「標準不同，老同學，」眼鏡說，「這個阿洪是作爲鏢犬評價的，牠的最主要標準是忠誠，機敏，驍勇善戰。而作爲玩賞名犬，血統就成爲第一要素了……好吧，我下月來帶走牠們。」

「帶走一個。那個白醜我不給你。我不願意我的牧犬在外面被人瞧不起。」

場長放開了阿洪。早就不耐煩了的阿洪箭也似的射向河灣。白娃慌慌張張追著，撒開四腿的白娃，跑得像一條貼地飛行的毛氈。

眼鏡惋惜地搖搖頭。玩賞狗完全不必這麼勇猛。軟、懦、嬌、嗲才是人們特別欣賞牠們之處。眼鏡在離開牧場時，被瘦乾巴攔住了。

「您是說，作爲鏢犬，血統並不重要，只需驍勇善戰，是嗎？」他問。

「對！」眼鏡說。

「那麼，假如我弄來一條可以戰勝阿洪的超級猛犬……」

「ＯＫ！」眼鏡大感興趣，「我隨時準備高價接受你提供的超級猛犬！什麼時候送來？」

「快了。」瘦乾巴含糊其辭地說。

那以後，阿洪和白娃游泳就走那個秘密的水下通道了。隔三岔五，阿洪便要去瞧瞧石洞口那怪僻的囚徒——那隻兇巴巴的黑狗。

黑狗總是在牠的牢籠裏跟一些活物周旋。獾子、黃鼠狼、九節狸……牠把那些動物咬死就吃下去。似乎，牠的主人只讓牠吃這個。

有一回，阿洪、白娃還眼睜睜地看著黑狗跟一條岩蟒打鬥。岩蟒扭動著比人的腰還粗大的身子，把黑狗纏得周身骨節嘎巴嘎巴響，直翻白眼，但那傢伙還是掙脫了束縛，一口咬住蛇頭，扯斷，吃下去。隨後，牠興致勃勃地啃起牠那腥臭難聞的戰利品，根本沒將在一旁觀戰的兩個同類放在眼裏。

阿洪直感到噁心。但牠不能不佩服黑狗的悍勇。白娃也緊張得忘記了牠與黑狗曾發生過口角。牠們默默地離開了那兒。

這天游泳歸來，牠們剛走到洞口就聽到人的腳步聲。阿洪不想暴露牠們的秘密通道，忙引白娃縮回洞子深處，藏進一個黑洞洞的凹口。這兒離黑狗的囚籠不過數米遠，卻隔著一塊巨石，互相看不見。

走進洞來的是瘦乾巴。他牽來一條栗色的慓悍獵狗。

他要幹啥呢?大概是看到了鐵門內的黑狗，那栗色狗叫了一聲。接著是黑狗搖撼鐵門的震響，隨後就聽到瘦乾巴開了鐵門。

栗色狗不叫了，牠發出可怕的嘶吼。黑狗卻一直保持沈默。

鐵門又響了一下。兩條狗被囚於一室了。

「幹吧──黑皮，這樣的美味是難得吃上的喲！」瘦乾巴怪聲怪氣地笑著。

栗色狗的嘶吼被狗牙相撞的咯嘎聲打斷。

「對，就這樣──咬！」瘦乾巴指揮著，「再下一點！咬牠的喉頭……好！」

嘶吼變成了悶雷，洞子在那雷聲中顫動。

又是激烈的蹬踢掙扎之後，「雷聲」被一種更可怕的力量窒息在一個喉嚨裏……

所有的聲音都平息下來。片刻，響起了啃咬骨頭的咯嘎聲。

「幹得漂亮，黑皮！」瘦乾巴說，「你會成爲真正的狗王！祝你好胃口──再見了！我的寶貝！」

洞口的光影暗了一下，瘦乾巴吹著口哨遠去了。

兩個窺伺者忙跑到鐵門邊。鐵柵欄後，可怕的黑皮津津有味地啃咬著同類的腿骨。戰敗者殘缺的遺骸躺在血泊裏。

黑狗翻起冷酷的小眼睛看了牠們一眼。那眼神似曾相識。

是的，被殺死的瘦鬼「飛狼」，也有這樣一雙眼睛。不同的是，前者交織著自命不凡的「高貴」，而眼前這個「黑皮」，卻似流氓無賴，赤裸裸地透出一股貪婪的殺氣。

這「高貴」的和下賤的，同樣都用透著仇恨的眼光看待世上的一切生物……

阿洪覺得很可怕。牠並不害怕黑皮。黑皮充其量能達到戴寶石的「飛狼」那種凶殺技能，半年前牠就戰勝過牠，現在更不在話下。牠是爲這一類狗感到可怕——沒有友誼，沒有朋友，沒有歡樂；身子被囚禁在陰暗的地牢，心靈被禁錮在對世界的敵意裏……

一個被仇恨主宰的生命，還不可怕嗎？

瘦乾巴，爲什麼要煞費苦心製造一個如此可悲可怕可歎可惜的標本呢？

一連下了幾天大雨，河道裏翻滾著咆哮的濁浪。高坡上的山洪，也奏響了喧嘩的和聲。阿洪和白娃仍然堅持每天的水下遊戲。

暴漲的河水，使那個秘密通道的水下部分更長，但牠們與日俱增的深潛速度和肺活量，使牠們總能順利地鑽過水下隧道。

石洞中湧動的暗流力量大得可怕，必須儘量縮小身子減少阻力，以最快的速度穿行，才能不被水流左右而撞上石壁。

這種暗洞中的冒險，便成爲一種無可取代的樂趣。牠們像一對水獸從洞中衝進河流，駕馭著激浪，在洪峰浪谷裏嬉戲自如，令岸上圍觀的人們咋舌，也叫別的牧犬羨慕不已。

這天水邊的人特別多。上游沖垮了一些村舍，會水的牧工都下水救人，不會水的也持著撈鉤、魚網，幫人家搶救家具和牲畜。阿洪和白娃剛鑽出水面，立刻就加入了搶救的工作。

阿洪咬住一隻豬崽的耳朵往岸邊泅，白娃拖上一隻雞籠——雞籠裏還蹲著一隻母雞。大黑、金猴牠們幾個也爭先恐後地下了水，幫阿洪推動一個大立櫃。

「先救人！」場長喊著撲向水中一個時隱時現的人體。白娃便不由分說，就近咬住一個在水裏撲騰的漢子往岸上拉。

那人卻是去幫場長救人的絡腮鬍子。

「傻瓜，我是去救……不，不！你這蠢狗——弄錯了，我不要你救！」絡腮鬍子掙扎著，可是白娃的水性遠比他強。不一會兒，絡腮鬍子就精疲力竭，乖乖地當了白娃的俘虜，在一片哄笑聲裏被牧工們拉上岸去。

場長救起了那個人。他不顧牧工們的勸阻，又返身游向水中。

「那邊，還，有一個……」場長喊。

阿洪飛快地追過場長，從洪流中截住一隻搖籃——搖籃裏有一個睡著的胖娃娃。

阿洪咬住搖籃邊往岸邊泅。場長卻因體力不支，被一個大漩渦捲下水去。阿洪忙將搖籃推給金猴和大黑，自己朝漩渦追去。白娃趕緊跟上。牠身後，又追來兩條牧犬。四條狗簇擁著場長游進河灣淺水……

場長喘著站起，急著去瞧那搖籃裏的娃娃。

娃娃在牧工們手裏傳來傳去，嘰嘰呱呱地叫著——原來是一個裝扮得極像的塑膠娃娃。場長苦笑著搖搖頭，躺倒在堤坡上，連站起來的力量也沒有了。

老牧工在河灘上燒起一堆火，讓人和狗暖著身子。

「鏢犬……無怪乎人家那樣看重你。」場長一邊使勁擦身子，一邊對阿洪說。

「劉眼鏡請了那麼高明的狗類專家，當然一看就中。」牧工們七嘴八舌，「不過，把白醜當啥子『觀賞狗』可真看走了眼——牠不也是挺出色的救生犬嗎？」

「環境造就。」場長總結道，「我敢說，即使是純種的觀賞狗，到咱們這兒住上一年半載，也能練出一身本領、滿腔俠義……」

阿洪從人們讚許的眼光中知道大夥兒在議論牠們，立即變得拘謹起來。牠坐得端端正正，任火光在牠身上舔起一縷縷熱霧。白娃也挺嚴肅地坐得筆直。但牠只安靜了一分鐘，又歡叫著向水邊跑去。

一個頭扁尾尖的胖東西在河岸邊一晃，蹦下水去。

烏雲又壓下來，遠處傳來浪濤的喧囂。更大的洪峰襲來了！人和狗都緊張地向上游望著，做好了搶救的準備……

自從在洞穴裏窺伺到黑皮的秘密後，阿洪對瘦乾巴就格外警惕了——這個人不光會把黑狗變成惡棍，還會引誘別的狗去充當黑皮的「美食」……他不配叫做人。

這天，瘦乾巴背著別人，在後山坡的草叢裏，用一塊麵包和一臉和藹可親的笑，解除了牧犬「斑鳩」的警惕，而後給牠套上了一根生牛皮帶。

去那兒尋找走失的奶犢子，阿洪無意中撞見了這個場面。牠讓白娃將奶犢子攆回牧群，自己悄悄盯上了瘦乾巴。

瘦乾巴進了石洞。這該死的，果然又要幹傷天害理的事了——無怪乎那黑狗越來越壯實，天知道牠吃過多少同類的肉……

阿洪決心搭救「斑鳩」。只等瘦乾巴一離開，牠就出擊！

跟前次一樣，瘦乾巴沒有打算離開的意思，看來他仍然樂意擔任現場教練。只是這回，他似乎要考核一下黑皮的腳力。他沒有把「斑鳩」放進鐵門，卻在洞子口上替牠解開了皮套；然後他打開鐵門，讓黑皮出了牢籠。

黑皮已長成與阿洪不相上下的個頭。那身油亮的黑毛，緞子似的閃著光亮。

「斑鳩」被這突然出現的同類嚇了一跳。牠搖搖尾巴，表示友好。那被孤獨和饑餓折磨得兇殘無比的黑狗卻銼動著利齒，獰笑著向牠逼近。「斑鳩」用驚恐莫名的眼光打量了一下對方，扭頭就跑。

黑皮沒讓牠跑出多遠，就像一道黑色的閃電射出——牠有把握在一瞬之間將那條花斑狗置於死地，變成牠豐盛的美餐。

但牠失算了——就在牠即將追上「斑鳩」的剎那間，一股更爲強勁的力量將牠撞翻。黑皮接連打了幾個滾兒才翻身站起。

面前站著牠的熟客——那個常來觀看牠進餐的大黃狗。

在黑皮眼裏，阿洪也無非是一堆好肉！牠垂涎欲滴，更加急劇地銼動著白牙，突然發起了旋風般的進攻。

然而，阿洪比牠更快。黑皮尚未弄清對手的招式，就被扣住後頸高高掄過了頭，重重地摔在地上。牠迅速跳起，後頸窩又感到利齒啃咬的劇痛，那個掄起——摔下的過程，又重複了一次。

這迅疾、沈重的摔打使黑皮口鼻淌下血來。

從未遇過如此勁敵，黑皮慌亂了。牠想逃，即刻又恢復了鎮靜，擺出進攻的架勢——因爲牠看到牠的主人已經踅到對手身後，掄起了一根大木棒——牠只要穩住對手，待主人的大棒落下，戰局便會得以扭轉，自己就能轉敗爲勝了。

此時的阿洪全神貫注地盯著再次從地上爬起的惡狗，沒有留神身後的大棒……大棒呼地劈下。高度警惕中的牧犬向後猛縮，木棒擊空了。阿洪在木棒再次掄起之前，驟然彈直牠鋼簧般結實的身子，將瘦乾巴撞倒，繳下了他的木棒。接著，牠追上向鐵柵門逃命的惡狗，按住牠，將牠額頂的黑毛連皮撕去一大片。

黑狗逃進鐵門，阿洪就沒再追擊。阿洪的目的是救「斑鳩」。既然目的已經達到，就沒必要再窮追猛打。而且，黑皮畢竟不是野獸。決不殺害任何人飼餵的牲畜——這是牧犬的原則。阿洪對這個原則也曾小有違背，但那是在自己的生命受到威脅時。而眼前這不堪一擊的猥瑣的傢伙，自己根本不屑與牠爲敵。

瘦乾巴卻不肯善罷甘休。他又抄起了木棍，沒頭沒腦地向阿洪亂打。阿洪左閃右避。憑牠的體力和格鬥技巧，牠能在一個回合之內打翻對手，並解決那細瘦難看的脖子。但那樣做，更與牠心中的原則水火不容。

牠至多可以在有把握不傷人的情況下奪去人手中的武器——如果那人還懂得起碼的羞恥……至於眼前這種勉強可以歸屬於人類卻沒多少人性的東西，與之對陣，簡直是牧犬的恥辱！

阿洪發出一聲盛怒的吼叫。鐵柵欄後的惡狗被這一聲嚇得縮進洞裏，瘦乾巴貼地趴下，雙肘緊

緊護住他的細脖子。阿洪便趁這吼叫的餘威騰身躍起，從那傢伙的頭頂飛掠而過……

牠再也不想看到他們。只要那傢伙知難而退，不再異想天開地用活物去培養惡狗就行了。

牠打破了那種嗜血的狗不可戰勝的神話。

大自然是公平的。勞動中百煉成鋼的體格和活力，同樣可用於抵禦強暴——只要不被神話所迷惑。

雨雲在向遠方飄散。一道鮮豔的彩虹高懸在牧場上空明淨的藍天裏。草地於是更綠，襯托著五彩斑斕的乳牛群，如一幅鮮活的水彩畫。

白娃在高坡上向這邊張望。阿洪歡快地叫了一聲，幾乎腳不點地地飛向牠的牧群。

牠又勝利了。從氣勢上征服對手的靈魂，比起在肉體上消滅對手是一種更爲美妙的境界……

呼嘯的風

咯咕！咯咕！一隻鳥兒在叫。

這種鳥叫「倒春寒」，每逢春季的寒潮襲來，牠們就在牧場邊的林子裏，一聲緊似一聲地報警。

河水也涼了。從河灣飲足了水，母牛們不像平素那樣流連不捨。牠們急忙避過河道裏帶濕氣的寒風往岸上跑。脫盡禦寒的冬茸，動物們在猝不及防的春寒裏格外怕冷。

走在後面的阿洪又看到了那隻白娃追趕過的水獸。那是一隻銀灰色的水獺。牠爬上河邊的一塊斜石，使勁兒一抖身子，那漂亮的皮毛就乾得像陽光烘烤過似的。難怪牠浸在涼水裏全不在乎。

這隻水獺大得像一隻半大狗娃。可以想見，在這河灣的水底世界裏，必定是牠爲王。

白娃又朝水獺跑去。牠對那個腿桿子比牠還短得多的矮胖傢伙特感興趣，一心想逗著玩玩。但那胖子用小眼睛不友好地瞪牠一眼，泥鰍般蹦下水去。

白娃也潛入水中。

好一陣，牠氣喘吁吁地上來了，鼻子上添了一道血痕，看樣子吃了點兒小虧。

白娃還想再下水，阿洪威嚴地衝牠吆喝一聲，牠就追上牛群，忙著維持母牛群橫穿公路的秩序去了。

頻頻出現的銀色獺王給牧場帶來些許不安。牧工們都在商議怎樣才能把那傢伙抓到手。這倒不是爲那張挺値錢的獺皮，而是從牧場孩子們的安全著想——讓這樣一隻水獸藏在孩子們夏天游泳的河灣，終是一個隱患。

一隻普通水獺，在水下能制服一名游泳健將（據說那東西最愛啃破人的腳動脈吸血），何況一隻獺王！

瘦乾巴主張用毒餌，或是交流電，還說自己會製造水炸彈。場長堅決反對。他說那會破壞下游水質，會傷及許多無辜的水生動物，也違背了有關環保法規。

場部爲此開了半個鐘頭小會，決定請一位著名的獵獺老人來收伏這個「水怪」。

那天下午收牧後，牧工和牧犬、近旁的村民還有公路上的閒人，都在河灣的沙洲上彙集，冒著寒風和涼絲絲的毛毛雨，等著看老獵人和獺王的較量。

老人帶來一隻狗。這狗叫「水耗子」，生得頭尖身細，灰不溜秋，卻機靈得像一隻上樹掏松鼠的九節狸。內行人說，這樣的狗才是潛獵好手。

正在議論，水面上有東西閃了一下，水耗子縱身入水，不一會兒，從水裏叼出一尾尺餘長的大青魚。霎時河灘上鼓掌聲響成一片。

寵物飼養場的劉眼鏡用相機搶下了這一組精彩鏡頭。他原本是來帶阿洪的。老牧工已經替他把阿洪拴在他帶來的狗鏈上。可是白娃不依，非要讓人將牠也跟阿洪拴在一起不可。老牧工只得把牠也拴了，一併交給劉眼鏡。

聽說有好「戲」看，劉眼鏡就不急著走了。他希望從這場水獵中發現新的品種，比方說「潛獵犬」什麼的。對於水下偵破和撈取東西，或者以潛泳愛好者的「遊伴」身分出現，還有什麼可以取代武藝高強的水下鏢犬呢？

要讓企業立於不敗之地，就得不斷開發新的項目，推出足以「領導潮流」的新品種。

他把兩條狗的鎖鏈拴在河邊的樹樁上，手中的相機一直盯著那「真人不露相」的「水耗子」轉。他知道要說服他的專家贊成他的新構思，就得有一組比「捕魚」更爲出色的連續照片——從「水耗子」入水，到揪出「獺王」……可惜沒有水中錄影設備，要不，製成一段活廣告多棒！就是拿到《動物世界》去播映，也毫不遜色。

老獵人在向旁人展示捕上來的大青魚——那魚一被叼上岸就死了——牠的內臟全被咬得挪了位——魚皮上，卻連細鱗都沒咬破一片兒。

只有最聰穎最老練的獵狗才具備這種不傷及皮毛的「精度獵捕」術，否則，再珍貴的水獺水貂，被不道地的狗咬壞了皮毛，也變得一錢不值。

老人的介紹又引起一片嘖嘖的驚歎。

灰不溜秋的「水耗子」開始了牠下水前的偵察。牠繞著水邊轉，這兒嗅嗅，那兒看看，卻不下水。這樣磨蹭了好一會兒，「水耗子」回到老獵人身邊，蜷縮到他的腳下。

「另請高明吧——我的『水耗子』甘拜下風啦！」老獵人慨歎地說，「水下是一隻老成了精的大獺，還來這兒，要占水爲王……」

「狗也戰不過牠？」有人不相信地問。

「弄上乾岸，尋常看家狗也能擒得住牠，可在水裏……」老人不說了，一個勁兒搖頭。

大夥兒大眼瞪小眼。從「水耗子」那老練的行動來看，老獵人的分析不像是嚇唬人的。

絡腮鬍子牧工卻偏不服氣。他吆喝一聲，早在水邊等得不耐煩的牧犬「海豹」一跳老高，凌空轉體一百八十度，插入河心。

「海豹」道地的入水姿勢先引起一些喝彩聲。只有老獵人不以爲然地哼了一聲。

水波動了。一縷鮮紅的血，在碧綠的水面緩緩滲化開來。絡腮鬍子高聲叫好。

聲未了，浪湧處，滿身血污的「海豹」掙扎到岸邊，沒等爬上岸，就蹬腿咽氣了。

圍觀的牧犬們狂怒地吠成一團，紛紛往水邊跑。老牧工威嚴地吼叫一聲，才止住了狗們的衝動。

白娃也激動得拚命拽著鎖鏈。劉眼鏡慌忙將兩隻狗的鎖鏈又往緊裏勒了勒——他可不願意讓好容易才弄到的寶貝下水去送死。

阿洪卻顯得十分鎮靜。老牧工為牠套上鎖鏈時，牠不知要發生什麼事，但對老人的信任使牠無條件地服從了。此刻，牠仍然是無條件地服從。牧工既然不讓牠出陣，自然有他們的道理，而牠在有能力控制自己的衝動時總是鎮靜的。

絡腮鬍子隔著半灣河水朝阿洪那邊看看，歎了口氣。剩下的牧犬中，有本領與獺王較量的，只有阿洪。可現在阿洪已不屬於這個牧場，人家是「寵物飼養場」的貴賓啦。

瘦乾巴擠到劉眼鏡身邊，咬著他的耳朵說：「我想試試我的秘密武器——超級猛犬！」

「好極了！」劉眼鏡情緒又高漲起來，「快讓牠露一手。放心，只要有真本領，咱寵物場決不吝惜鈔票！」

「行，我就等您這句話！」瘦乾巴說罷，把食指塞進嘴唇，打起一聲尖銳刺耳的呼哨。立即有兩條毛色漆黑的大狗衝開人叢飛竄到他身邊。

阿洪也吃了一驚。因為那對狗簡直一模一樣——都是四尺開外的身軀，都是黑緞子般的皮毛，要不是其中一隻額頂有一片沒毛的傷疤，牠根本分辨不出哪一隻是跟牠打過架的。

兩條從天而降的大黑狗，讓圍在河灣的人們精神爲之一振。連拴好了「水耗子」準備離去的老獵人也不走了，在原地蹲下來。當看到那對狗都戴著結實的鐵嘴絡時，人們又七嘴八舌議論開了。

「絡住牠們的嘴，是爲了保護其他狗的生命安全。」瘦乾巴朝套上鎖鏈的阿洪瞥了一眼，放心大膽地誇下海口，「我這對狗嘛，別的不怎麼樣，就是有個不好的毛病——愛把對手往死裏咬——要命的是，牠們從沒打過敗仗！」

「乾巴，吹牛皮不用上稅！」絡腮鬍子不服氣地喊，「你敢叫牠們跟阿洪鬥嗎？」

「這要看劉場長捨不捨得了！」瘦乾巴不懷好意地看著阿洪說，「不過，如果你知道我是用啥秘方將牠們調教出來的，就不會叫任何狗來送死啦……」

「啥秘方？你準是偷了人家的狗……」

「閒話少說，咱們見真傢伙吧！」瘦乾巴唯恐絡腮鬍子猜出他的老底，忙把話岔開，把狗領到水邊，摘去了嘴絡。兩條狗互相惡狠狠地瞪了一眼，爭先恐後地跳下水去。

河灣水面上翻滾起波濤，好一陣兒才平靜下來。似乎兩條狗先幹過一仗才沈下去找獺王。

又過了片刻，兩條狗氣急敗壞地上了岸，一個傷了前爪，跛著；另一個半邊腦袋血糊糊的，耳朵只剩下一隻。驚叫和哄笑同時響遍了河灣。

「怎啦？這是怎啦？」瘦乾巴提著鐵絡和鎖鏈，慌慌張張地跑過來。

兩條狗又沒命地咬作一團。他連踢帶吼，才給其中一條套上嘴絡，另一條便乘機將牙齒扣入同伴的肩胛。瘦乾巴急得搬起塊石頭砸在那狗腦袋上，才趁牠昏頭暈腦時絡上嘴，拴好鐵鏈。

「要命的是，牠們從沒敗過！」絡腮鬍子學著瘦乾巴吹牛的語調，「好厲害的瘦乾巴狗！」

「我的狗勝不了的，滿天下也沒狗能勝！」瘦乾巴精神一得閒，又說起了硬話，「不信，你讓誰去把獺王咬上來，我瘦乾巴叫牠乾爹都成！」

絡腮鬍子漲紅了臉。

瘦乾巴把兩條黑狗分別拴到兩株隔得遠遠的楊樹根上。

「你不是有狗王嗎？怎不叫牠去？吹牛吹上晚報了，也不怕人家笑掉大牙！」瘦乾巴嘮叨不休。

漲紅了臉的絡腮鬍子再也憋不住了，他跳起來暴雷似的吼了聲——「阿洪！」靜臥在劉眼鏡腳下的阿洪聽到這一聲號令霍地立起，帶雨的寒風把牠的長毛吹拂得如同山梁上的枯草。迎風而立的阿洪便感到自己心窩的血，在那寒風的激發下向周身奔湧。牠伏下前爪，一躥而起——

劉眼鏡忙去抓鎖鏈，鏈子「崩」地斷了，阿洪帶著尺許殘鏈直奔水邊。

「嗷嗷嗷嗷！」白娃激烈地掙扎著，把鎖鏈拽得嗦啷啷一迭連聲。

「快給牠解了！」老牧工喊，「這倆狗是生死交！不讓牠跟上阿洪，牠寧可把自己吊死的！」

劉眼鏡笨手笨腳地替白娃摘去鎖鏈。白娃狂喜地歡叫著，追向阿洪。

「狗王！」有人喊。

河灣頓時沈靜。所有的視線都被阿洪拽了過去。阿洪的毛色遠不及那對黑狗的油亮，脊梁上由棕黑漸漸漫過四肢的黃毛，也顯得雜亂而蓬鬆。但牠的聲譽，牠臨陣不慌的氣度，令人們不得不刮目相看。

放慢腳步，阿洪走到死去的「海豹」身邊，在那兒停留了一小會兒。「海豹」的喉嚨被水獸的利齒割開一道深深的豁口，血從那兒湧出，又在那兒淤積凝固。

白娃也湊近去嗅了嗅。然後，兩個夥伴默默地走到水中，鼻尖兒貼著水面，還不時地閃動舌尖，舔著涼冰冰的河水。牠們就這樣磨磨蹭蹭地走著，游著，拽著兩痕淡淡的人字波痕，緩緩游向河心。

水花閃了一下，兩條狗同時從水面消失了。

水下是一片暗淡的草綠。白娃白生生的身子搶在前面。牠是這兒常來常往的熟客，在水邊的一番調查，使牠終於明白兇手就是那個扁頭尖尾的矮胖子。

那傢伙在水下可不好對付……

河底一塊暗礁邊，有一道暗濛濛的石縫，白娃向石縫游近。阿洪推開了白娃，扒住暗礁向外傾斜的平頂，牠將尾巴垂下去，在石縫外擺了擺，立即有個灰色影子衝出石縫。阿洪忙掉轉身子。但在水的阻力下，牠的動作是那樣笨拙——雖然躲開了水獺的利齒，卻沒來得及碰一碰對手，那機靈的水獸便縮回洞穴去了。

牠碰了白娃一下，一起浮出水面換氣。現在牠已經掌握了水獺的戰術。

那傢伙伏在洞口靜候著，只等獵狗的身子在那兒出現，就箭也似的衝出……於是「海豹」被一下子咬中了要害，那對爭執不休的黑狗也難免受傷。

識破了的詭計，便一點兒也不可怕。

再次下水，阿洪沒有爭先。因爲牠發現白娃是仰臥著身子靠近敵人的巢——這高明的一招正好跟牠不謀而合。

獺王一瞥見洞口的狗影立即衝出。但牠沒有咬到柔軟的頸下組織，卻撞在白娃光滑堅硬的前額上。什麼也沒咬上的獺王要縮回去已經不行了——白娃橫闊的大嘴死死地咬住了牠的咽喉。

水獺拚命掙扎。白娃施展自己高超的潛泳技能，跟牠周旋。阿洪冷靜地在一邊觀戰。白娃已勝券在握。但那一對強悍的黑狗居然一戰而敗、一敗而喪膽，使牠不能不格外小心。牠趴在岩石邊，警惕地凝視著腳下的石縫。

白娃剛將獺王拽離洞口，就有一隻更大的銀獺從黑暗處射出，直奔白娃的後肢。早有準備的阿洪全力撲去，用釘牙將那傢伙牢牢扣住。水獺扭擺著身子往洞裏縮，那壓入內臟的巨大力量卻迫使水獺很快放棄了反抗。

兩條狗在人們的歡呼聲中浮出水面泅向河岸。阿洪聳身甩甩皮毛上的水，將水獺送到老牧工身邊；白娃一絲不苟地模仿著牠，彷彿在完成某種儀式。

牽「水耗子」的老獵人走過來，提起死去的水獺掂掂重量，又看看傷勢，衝阿洪豎起大拇指，激動不已地說：「狗王──真不枉叫狗王！我跟獵狗打了大半輩子交道，這樣的好狗，還是頭一遭見著──狗王啊！」

人們都圍上來。只見白娃咬上的那隻水獺渾身皮開肉綻，阿洪的戰利品卻表面完好無損──牠是直接摧毀了那隻獺王的內臟！

大夥七嘴八舌對牠們說著同樣的話。阿洪聽不懂，但牠知道那是一些無聊的蠢話。每當牠幹出了驚人的事，人們總要對牠將這種話說了又說。

為避免難堪，阿洪領著白娃奔向牧場，在一片被牛刈盡的淺草坡上撒歡兒飛跑。狂風呼呼地從耳邊刮過，牠就不斷地用身子撞向那呼嘯的氣流，那綠色的風。於是，呼嘯著的活力源源不絕地注入牠的肢體、牠的心臟，血液一下子變得灼熱……

天邊裂開一道燦黃的光帶，雨停了。

朝霞映紅半邊天時，老牧工送阿洪和白娃上路。臨上車了，牠們都纏住老人不放。

「去吧，去吧，」老牧工小心地從狗嘴裏解脫褲腿和鞋帶，「牧場水太淺，養不出大龍魚……讓你們趕趕牲口，太委屈你們啦……到劉場長那邊，要學好，要幹出色……」

他嘮嘮叨叨，就像送孫兒出遠門。

「放心吧，老頭兒！」劉眼鏡不耐煩地說，「阿洪到我那兒，定能出人頭地——您就等著在電視裏見牠吧！」

「那就好，那就好！」老牧工淌著淚，卻笑出了一臉細細的菊花紋。他使勁將兩條狗抱上那輛中巴的後座，安頓牠們蹲好了，又給牠們塞了兩塊牛肉乾，才退下車，癡癡地看著那車開上公路。

車開出好遠了，阿洪還望得見老人微駝的身影，抖抖的，襯在一抹橘紅的雲霞裏……

第三部
寵物明星

貴犬名流

劉眼鏡的「寵物養殖場」建在這個繁華小鎮的一角，簡直占盡了天時地利。由此往北，伸向大山腹地的峽谷，是一條長達數十公里的金沙採掘長廊；往東，則有一處供人遊覽的山林公園，那幽遠深邃處，奇崛秀雅的巉岩飛瀑，以及隱現在雲霧中的重巒疊嶂，時時處處都吸引著遠遠近近數不清的遊客。

許多礦工和那些懷著發財希望來這兒淘金的採掘者，都希望有一條忠實的大狗作夥伴和保鏢；而那些來此度假旅遊的紳士貴婦，則鍾情於那些小型的觀賞狗——哪怕租借三五天，讓旅途增添一番情趣呢！

於是，這兒的「寵物」（其實目前還只有狗）兼有「天使型」和「猛獸型」兩大類。劉眼鏡聘請的犬類專家預言：由於現代人類對自身日趨文弱的體質、對遠離大自然的生活環境越來越不滿意，必然會產生對自然、對原始力和健美的強烈嚮往。這種嚮往反映到寵物選取上，必定是厭棄嬌滴滴的「天使」。而猛犬將成爲新的「寵物熱」中的主角。

阿洪的到來令專家大爲讚賞。首先是牠的形體。與那些龐大、威猛等狗族中的龐然大物相比，牠固然只算個小不點兒，但在「輕量級」猛犬中，牠絕對是無敵的。

「瞧呀，這筋腱，這肌肉……簡直是鋼絲擰成的！」專家撫摸著阿洪掩蓋在蓬鬆長毛下的肢體，毫不掩飾自己的驚訝，「我敢說，牠的耐力和爆發力都超過了狼。」

專家的喜悅還有來自「市場」方面的考慮。作爲鏢犬，「輕量級」比動輒五六十公斤的巨狗更受歡迎，牠的食、住、行都容易解決得多，而且不會對主人造成精神上的壓抑感。

倒是白娃的去處，令專家頗費周折。

白娃勉強夠得上一條「虎頭㔉雷恩」，但牠的血統不純，那高貴程度便得大打折扣了。其次，作爲「天使」，牠過於粗蠻勇烈。與巴兒狗同宗的父母遺傳給牠的乖巧嫵媚，都在牧場的環境裏，在阿洪嚴厲的調教下蕩然無存了——天曉得牠會不會把那些勇猛好鬥的習性留給後代呢？把牠歸於猛犬類吧，牠又太小了些。誰也不敢擔保牠的後代會長成怎樣的彪形大狗。

劉眼鏡拿出那些水獺照片，再三申述他將要開拓「潛獵型」鏢犬的新項目，專家才勉強同意接收白娃。但在所謂新項目開展之前，白娃只能與阿洪在一起，以免牠嚇著了那些溫柔可人的「小天使」。

這正是劉眼鏡巴不得的。

說實話，他對白娃成爲新項目的「始祖」並無多大希望。但他知道在狗王阿洪心目中那隻醜狗佔有多大分量——僅僅從穩定阿洪的情緒出發，也應該留著白娃。他比任何專家更清楚阿洪的價值。

兩條狗被帶進一間水泥狗屋。狗屋的鐵柵欄門正對著養殖場的大門和一個小小的廣場。廣場一側，高聳著一幅鐵皮招貼畫。阿洪很少照鏡子，否則，牠就會知道招貼畫上凌空騰躍的巨犬，正是牠神態畢肖的逼真寫照——按晚報上刊載的那幅照片畫成的。

白娃也沒有認出畫上的阿洪。相反，牠倒是覺得畫面上那耀武揚威的大傢伙有些可惡。於是每天馴狗員領牠們「溜躂」，打那兒路過，牠都要衝招貼畫恨恨地吠上幾聲。

牠的叫聲總會引來一些愛狗族驚羨的目光。

「哇，那白狗旁邊的就是狗王阿洪！」那些熱心的人圍上牠。「聽說，牠救過火車……」

「看起來比晚報上那照片更帥！」

「牠曾經獨戰過豹子……還戰敗過三隻狼！」

「五隻。」馴狗員糾正，不失時機地替養殖場做廣告，「我們將用牠作爲種犬，繁殖更優秀的後代，不過市場需求是永遠滿足不了的。」

「可惜牠個頭不大……」有人惋惜。

「牛大，可幹不過獵豹！」馴狗員按劉眼鏡制定的宣傳大綱「機警」地反駁，「第一流的武術家也都不是巨人……」

此起彼伏的相機閃光很叫阿洪惱火。牠惡聲惡氣地低吼一聲，那幫人慌忙讓開。阿洪就昂首挺胸直衝過去，把馴狗員拽得氣喘吁吁。

晨起散步的多是些佩戴家族標記的名犬（**牠們是養殖場的活廣告**），還有少數戴上了高貴的裝飾項鏈（**這表示「名狗有主」**）。不急於離去的買主都樂意在這兒多逗留一段時間，以便聽取更多的來自內行人的稱讚。

「名犬」們有各式各樣的，小的穿著衣裙，打著鮮豔的「領結」或是「髮結」，就像玩具娃娃；大的比阿洪還高。

一隻豹紋麥町犬把阿洪嚇了一跳，因爲牠活像老牛「黑白點」那身白底黑斑的外衣。另一個乾瘦的傢伙——藍眼睛的阿依貝特狗，用病態的眼神瞥了阿洪一眼。那眼睛裏的藍光就像沼澤地裏的「鬼火」。

這些犬界名流一個個擺出自命不凡的派頭，阿洪一看到牠們，就會記起那被牠殺死的瘦狗。這些狗似乎沒那麼兇，但那種裝腔作勢的冷峻孤傲，跟戴綠寶石的「飛狼」十分相似。——這幫可憐的傢伙！

牠們有過自由嗎？

牠們知道世間最美好的地方是牧場嗎？

牠們享受過陽光下勞動的歡樂嗎？

被名犬們身上那些說香不是香的名貴香料熏得難受，阿洪和白娃溜出寵物場的大門，跑上公路。

「站下……等等，你這惡棍！」馴狗員在後頭追得大汗淋漓。但他只要一拉緊鐵鏈，阿洪立即回頭衝他瞪眼咆哮。膽戰心驚的馴狗員只得任牠們順著心意跑。

幸好阿洪牠們跑得並不太快。鎖鏈是老牧工給牠們套上的，牠們決不會違背老人的意願從這兒逃走。牠們只想遠離那些攔住牠們當把戲看的人，和那些裝腔作勢、自命不凡的可憐蟲。

寵物場目前還沒有阿洪的「戲」。爲之選好的配偶尚未送到，而且寵物場在第一階段必須將「重量級」鏢犬作爲鳴鑼開道的品種。因爲那種狗才是真正的無敵鬥士，真正的狗王。等巨型鏢犬爲大富豪們立下汗馬功勞，成爲炙手可熱的寵物，再拋出「一般型」的「輕量級」鏢犬，必定能在平民百姓中誘發「鏢犬熱」。

劉眼鏡在商業顧問和犬類專家的協助下，制定了這麼一套商戰策略。

此外，為了使養殖場在短期內即能獲利，這兒的鏢犬和觀賞狗不僅出售，而且出租。於是每天一大早，五花八門的「愛犬族」和狗販子，便擁擠到養殖場的小廣場內外做交易。直到阿洪上這兒來溜躂，每日的狗市才告一段落，留下一個散發著人汗味和牲口氣息的空場。

遇上選狗的漢子們要「鬥狗」，這兒的熱鬧就要持續下去——

劉眼鏡當然懂得利用鬥狗的熱烈場面來做廣告。他讓為他畫招貼畫的女畫師在那幅阿洪的巨像下，用耀眼的螢光描上幾行橘紅色的極富鼓動性的廣告詞——

……猛犬——男子漢的寵物

您最忠實的僕從和保鏢……

……永遠不會背叛主人的智慧動物

……一筆不斷增值的財富……

女畫家作畫的腳架下，木柵圈定的場子上，一對猛虎般的巨犬正在進行一對一的較量。

阿洪站定了。牠從沒見過如此巨大的狗，在牠們面前，牠確實只能算娃娃。

馴狗員沒有催牠。為這「狗王」的傲氣，他吃過不少苦頭；借那些巨犬的威勢壓壓阿洪的氣焰，豈不是好事？

「瞧瞧吧，」他咧開嘴譏諷地說，「瞧瞧，那才叫狗王哩——你這鄉巴佬神氣什麼？」

當然，這種話他只能悄悄地說給自己聽。說著這話，他覺得很解氣。

場子上的格鬥很快見出分曉。那隻比阿洪大一倍的白狗輕易打敗了另一隻扁臉巨犬。扁臉逃回了自己的鐵籠。隔著柵欄，坐在一層層水泥階梯上觀戰的人們，用鼓掌和歡呼爲白狗喝彩，選下了白狗的那位大亨，喜滋滋地跟著業務員去付款。

誰也沒想到這時會發生意外——

大白狗威風凜凜顧盼四周，但柵欄內再無敵手。牠抬頭望望，突然一縱身攀上了女畫家的腳架。

呵呵呵！觀眾忘乎所以地狂喊，腳架在那駭人的聲浪中搖晃著，大白狗順著之字形木梯，很快登上了平臺。

年輕的女畫家火燙著似的一聲尖叫，抓起畫筆調色板顏料罐朝大白狗亂扔，大白狗滿不在乎，一揚脖子甩開調色板，咬住兩枝畫筆，咯崩！畫筆斷作數截。那畜生陰沈著臉，繼續向女畫家逼近。

畫家已退到平臺盡端，無路可走了！木柵欄外突然響起一串嘹亮的吠叫——

阿洪猛然一衝，鎖鏈從馴狗員手中滑脫，牠就拖著那叮噹作響的長「辮子」，躥過二米高的柵欄跳進場子，以驚人的速度跑上腳架……

「是牠，狗王！」有人喊。

「那小東西也配叫狗王？」

「……找死！今兒撞上白霸王，活該牠倒楣囉！」

阿洪的突然出現，讓白霸王也愣了一下。

就在這一愣的瞬間，阿洪縱上大狗的後背，咬住了大白狗的後頸皮。大白狗吼了一聲扭過頭來，阿洪卻從牠頭頂直翻過去，擋在女畫家的身前。牠的鎖鏈又狠狠地在大白狗頭上抽了一記，痛得那傢伙拉長聲音怪叫起來。

擋在畫家前面的阿洪顯得異常鎮靜。從沒對付過這麼大的動物，牠根本沒有必勝的把握。牠出擊，是因爲那傢伙竟然偷襲一個毫無準備也沒有敵意的女人，牧犬的職業習慣使牠決不能袖手旁觀。不管能否取勝，都要以自己的血肉之軀爲弱者擋住強敵，這才是牧犬本色。

大白狗也看清了向牠發動攻擊的是一個貌不出眾的小狗。牠興奮起來。在一場不過癮的格鬥之後能再來一場穩操勝券的小戰，如同飽餐之後的小飲，無疑是很愜意的。牠要像貓戲老鼠那樣把對手要夠之後，再以閃電般的速度將其處死，讓新主人見識見識牠的手段。

白霸王伏下前肢。但牠還沒起跳，阿洪又撲向牠的右肋。大白狗笨拙地退避著，兩條後腿突然踏空，半個身子懸吊在腳架外的空中。

再撞一下就可以把這笨蛋推下去！

阿洪再次騰躍而起。脖子上拴的鐵鏈卻在木縫裏卡住了——飛躥而起的牧犬被凌空拽落，向五米高的腳手架下摔去……

從驚慌中清醒的大白狗忙從原路跑下，樂顛顛地追向阿洪——

阿洪被懸吊在離地一米高處！

項圈緊勒著阿洪的咽喉。牠用力掙扎，這只能使那窒息來得更快些。牠眼前一陣陣昏黑。

大白狗惡狠狠地咬向阿洪……

「不公平！不公平！」觀眾亂糟糟地喳呼，可誰也不敢進入柵欄去制止白狗的暴行。

倘不是驚魂甫定的女畫家用一柄鐵錘擊向卡在木縫裏的鎖鏈，阿洪的生命便會在這兒畫上句號了——

鎖鏈在一擊之下脫出了木縫。

已經被大白狗咬住了頸部的阿洪突然從麻木中痛醒，下墜的力量又幫助牠掙脫了白霸王的釘子般的牙齒。牠摔下地，打了個滾兒，立即恢復了固有的靈敏。繞開白狗的第二次猛攻，阿洪回咬了一口。

這一口對大白狗緊繃的肌肉幾乎沒有傷害，卻為自己贏得了喘息的時間。大白狗退開一步，阿洪抓住這難得的機會拚命呼吸，讓空癟的肺部充足新鮮空氣，牠就又進入「狗王」的「角色」了——阿洪左躥右跳，頻頻發動快速攻擊。這套戰術，是在對付瘸腿老豹時被逼出來的，此刻都用上了。

十幾秒鐘之內，白霸王身上平添了七個流血的傷口！大白狗又急又惱亂撲一氣，累得氣喘吁吁。

避開鋒銳的阿洪又跳到牠背上，從後面咬住牠粗硬的脖子。大白狗蹦著跳著，始終沒辦法摔開對手。牠驚惶失措地逃向自己的鐵籠。

阿洪剛跳下地，狗籠就被人貼著大白狗的屁股關上了。

其實阿洪不會繼續窮追猛打。對於人豢養的動物，只要不對人畜產生威脅，牠就不必再攻擊——在一條優秀的牧犬面前，誰放棄侵略，誰便能享受「豁免權」。

「狗王！狗王！」觀眾席上有節奏的齊聲大吼，震動了整個場子四周。大白狗的買主正好碰上他的大白狗在阿洪前面狼狽逃竄的鏡頭，就纏上劉眼鏡，非要用那「名貴血統」的大白狗換下阿洪不可。

「那怎麼可能？阿洪是『輕量級』……」劉眼鏡不相信地趕到現場。幾個工作人員爭著向他介紹了阿洪跨越級別的勝利，劉眼鏡眼睛都放出光來。

「算了吧，老兄，」他友好地對買主說，「那是狗王——除了牠，您的白霸王不是所向披靡嗎？」

「可是，我總想……」

「狗王是我的鎮場之寶，不能賣的。牠第一，你的白霸王第二，老兄，您也該知足啦……」

阿洪又回到白娃身邊，由馴狗員牽著繼續牠們的每日必修課了，好像什麼事也沒發生過似的。牠們像往常那樣出了門走上公路。

馴狗員滿臉汗汙地跟著。現在即使要他侍候阿洪拉屎撒尿，他也心甘情願了——他知道了這條狗的真正分量。阿洪讓他大大地露了一回臉，而且，無論走到哪兒，都會有更多的人向阿洪和他行注目禮。

阿洪在極其不利的情況下戰勝「白霸王」的消息，讓寵物場的專家和技術人員很是震驚。「輕量級」狗王，居然打破了他們心目中那不可逾越的界限，主動向一隻巨犬挑戰，這已是難能可貴**（他們不知道最好的牧犬在維護人畜安全時，是把自己的安危置之度外的）**，而牠偏又大獲全勝，這使他們不能不對阿洪的「血統」做一次重新評估。

研究結果卻令大家失望。除了在阿洪身上再次證實了四分之一的藏獒血統（牠的外祖父是一條藏獒）外，人們沒有發現任何出眾的高貴血統。只是在對阿洪的肌腱做全面檢查時，專家們都有一種面對一隻野狼的感覺——那結實的肌體，就像皮革緊裹著一束束用機械力絞緊的鋼條——雖然阿洪身上並沒有狼的血統。

結論：這條狗的非凡素質大多是後天獲得。從遺傳的角度來看並無多大價值。因此，阿洪不宜作爲寵物場的種犬。

「我反對！」劉眼鏡替阿洪抱不平，「血統是否『高貴』，全在於人的宣傳！難道不能從阿洪身上『歸納』出一種新發現的血統大加宣揚嗎？」

「別忘了，劉先生，」專家說，「剛才我們講得很明白，這隻狗的種種素質既然並非先天遺傳，也就不可能遺傳給後代！」

「既然後天環境可以培養出如此出色的素質，『血統』本身又值得了什麼呢？」劉眼鏡振振有詞。

話雖這麼說，劉眼鏡自己也知道——他不但不能公開這個觀點，還要將血統宣揚得更神秘更重要，因爲他正是要利用愛犬族對「血統」的迷信來賺錢。在那些人心目中，血統就像礦物中的元素那樣重要——你不可能用水晶去替代金剛石，也就不可能用一隻雜交狗去混同一隻名貴的純種狗，即使牠們的外形、素質都相差無幾，那價值懸殊卻可能達到數十、上百倍。

一隻純種「北京」狗可以賣到十五萬港幣，而一隻「北京」和「蝴蝶」雜交狗只值三千港幣。更別說其他非「名貴」的雜種狗了。

最後達成一致的觀點：阿洪將作爲寵物場的一個廣告範本保留下來。專家們將參照阿洪的體形、性格特徵，在名犬後裔中選擇種犬和培養商品狗。

作爲活廣告，要使顧客對寵物場日後的重頭戲「輕量級鏢犬」產生信賴，沒有比阿洪更爲合適的「人選」了。因爲阿洪的驍勇善戰，原計劃作爲「普及型」的輕型鏢犬的身價，將接近甚至超過重型巨犬！

這對寵物場來說，是舉足輕重的一招。

幾個月後，許多狗崽子都要以「狗王嫡系後代」、「二代狗王」的名義上市。要使那些狗崽成爲供不應求的搶手貨，就得擴大宣傳——刻不容緩！

劉眼鏡叫來了管理阿洪的馴狗員。

「以後遛狗的範圍可以適當擴大，時間必須加長，以便更多的人目睹牠的風采！」劉眼鏡說，「其次，在不影響重型鏢犬聲譽的前提下，每周至少安排一場表演賽。」

「現在是我服從牠，」馴狗員苦笑著說，「牠高興走就走，高興打架，鏈子根本控制不住牠——您瞧牠那眼神！」

「那就繼續委屈你吧。」劉眼鏡說，「好好幹。我馬上通知會計科，給你調高兩級工資！」

戰鬥機器

一條想打架時鐵鏈也控制不住的狗，必然是好戰分子，對此，馴狗員深信不疑。可第一場「表演賽」他就發現自己錯了——阿洪不願打架時，就是鞭子也休想驅動牠發起侵略性的進攻。

那是寵物場特地安排的一場鬥狗。爲了保持阿洪的不敗記錄，劉眼鏡從大型鬥犬中選出了一隻比較溫馴的「被動型」灰狗。這隻灰狗也有兩個阿洪那麼大。牠的特點是決不主動出擊。用牠來作爲阿洪英勇無敵的陪襯，是很穩妥的。

卸下鎖鏈放入柵欄的阿洪壓根兒沒有鬥志。無論人們怎樣起鬨，扔可樂罐，扔橘子，都不能引起兩隻狗的戰鬥欲望。馴狗員隔著柵欄用長棍去戳，還將長鞭在牠們頭頂揮得劈啪作響，阿洪仍不理睬。

兩隻狗警惕地相互打量了一會兒，就不約而同地解除戒備，各自找個角落，坐下了。

「什麼狗王？這是隻肉用狗！」有人喊。

觀看過阿洪上一回主動進攻戰勝「白霸王」的觀眾，便出來證實狗王的英勇。

馴狗員終於明白——這又是優秀牧犬的行爲準則：只有人類或人類託付給牠的牲畜遭到其他動物襲擊時，牧犬才挺身而出，此外，牠決不向別的動物挑釁。

加了兩級工資，卻不能讓阿洪出陣，劉眼鏡會怎麼說他？馴狗員決定用自己冒險，迫阿洪參戰。

他讓同事換上一隻他沒照管過的「攻擊型」大狗，自己攏住阿洪，站在柵欄門邊。大狗一見生人立即躥上來。

阿洪果然搶在那狗咬上人之前出擊了……

馴狗員忙逃出去關上柵欄門。

阿洪不負眾望，三五個回合就將主動權爭取過來，把大狗咬得狼狽逃竄。

後來人們又發現了更爲簡捷安全的方法——只要把阿洪和白娃一起放入鬥狗場，白娃孩子氣的挑釁總會激起任何狗對牠的懲戒，而阿洪決不容許任何人或者狗侵犯牠的夥伴。於是一場戰火便引燃了……

用這個方法，人們引誘阿洪戰過四場。

阿洪每戰必勝。但觀眾並不滿意。他們說，這是那隻小白狗在後面咬腳根、揪尾巴之類的小動作分散了對手的注意力，才讓阿洪輕易戰勝大狗的。那些在購買大型鏢犬還是購買價值相近的「二代狗王」之間猶豫不決的顧客，更是要求以真正公平的決鬥，來考核「狗王系列」輕量級鏢犬的真本領，以幫助他們做出抉擇。

可是，白娃沒受到攻擊時，阿洪絕不出擊。即使「攻擊型」鬥犬纏上了牠，在能夠以伶俐的躲閃避開對手致命攻擊時，阿洪也堅持只躲避而不反擊。到了這個地步，聰明的對手也就知趣地「收兵回營」，不再作無賴式的糾纏了。

這很讓劉眼鏡傷腦筋。

每個人都怕惡狗。百分之八十的鏢犬擁有者都希望自己的狗是一個「惡奴」——這就能引起別人的敬畏。阿洪這種牧犬式的作風，很容易使人誤解爲惰性。他必須把阿洪變成一台戰鬥機器，爲輕型鏢犬大規模走向市場打開口碑。

阿洪被關進一隻裝有輪子的鐵籠，鐵籠被推進了鬥狗場。

鬥狗場裏，狗戰正酣。獲勝者獲得的獎賞是熟牛肉和油炸豬排。那香味騷擾得阿洪坐臥不安。從昨晚被囚禁起，牠就沒有吃過任何東西。鐵籠裏只有一罐水，而水這種東西是越喝越餓的。得出這個結論後，阿洪便不再舔一口水了。

鐵籠外的優勝者把酥脆的豬排啃得沙沙作響。那響聲也如香味，無情地刺激著阿洪餓得痙攣的腸胃。不能像牠的堂兄弟野狼那樣忍受一周饑餓，是一種怎樣的退化喲！

另一對狗上場了……都是些平庸的傢伙。然而，不堪入目的亂打一通之後，勝者仍然得到一份賞賜……

阿洪終於明白牠必須戰鬥，用勝利才能換取食物。這仍然違背牠心中那個牧犬的準則。爲自己吃飽肚子而讓別的動物受傷流血，這跟狼有什麼區別？牠對這種無緣無故的拚殺簡直膩透了。牠寧可挨餓……

牠懶洋洋地臥倒，閉上眼睛。時間一分一秒地度過。

狗們在戰鬥。

獎賞——熟肉、油炸豬排。

又是戰鬥。敗者血灑當場狼狽逃出，勝者心安理得地坐下，安享美食。

咯嘎。沙沙沙。那香味、那啃嚼，固執地鑽入閉目枯坐的阿洪的鼻孔和耳鼓。腸胃第十次以痙攣的方式發出警告……阿洪突然發覺，自己比以往任何時候都渴望戰鬥了！

牠衝動地站起，焦灼不安地在囚籠內走來走去。馴狗員急忙將阿洪的情緒變化向劉眼鏡報告。早已準備好的廣告掛上了大門的楣頭，阿洪的崇拜者和存心要阿洪出洋相的人，潮水一般湧入，霎時將鬥狗場圍了個水泄不通。

一隻狗上場了。與此同時，阿洪的籠門也緩緩打開……阿洪迫不及待地衝出籠子直撲對手，第一個回合就將那體重與牠相仿的花狗掄了半個圈，重重地摔在水泥地上。

「安靜！安靜！」業務員用擴音器對擠滿了水泥階梯的鬧哄哄的圍觀者喊，「這僅僅是一場熱身運動，真正精彩的比賽還在後頭！」

一塊噴香的熟肉擱在場子中央。阿洪從容不失風度地走向那屬於牠的戰利品。

但牠忽然看到另一隻狗也在向熟肉走來。

「……現在上場的是怖兒——〇〇五號。牠的體重是四十五公斤……」業務員賣力地喊。

阿洪理直氣壯地加快了步子。

那隻狗小跑起來……兩個身子撞在一起，同時咬住了那塊肉。

兩個喉嚨同時發出低沈的威脅聲，但誰也沒撒開肉。

如果不是這可惡的傢伙，熟肉早已填進了牠的轆轆飢腸……阿洪火冒三丈，突然撇下肉，一口咬住那隻大狗的頸根，連皮帶肉撕下一小塊來。

大狗扔了肉，阿洪早已跳到一側，啃住牠的後腿。大狗剛返過頭，耳垂上又挨了一口。牠剛要反撲，阿洪一閃又不知去向，而腰肋又遭到利刃切割般的劇痛……

大狗似乎同時被三四隻狗圍攻著。牠慌了，大叫一聲糊裡糊塗「突圍」而去。

阿洪剛要咬起熟肉，但隨即又有第三隻狗闖進柵欄，沒命地撲向那誘人的食物。爲保衛自己的戰利品，阿洪被迫又鬥了一場……

終於吃著了美味的阿洪亢奮不已。

這種爲食物而發生的爭鬥，對牧犬來說是陌生的。牧場有足夠的肉和奶，在那兒，用勞動換取的食物足夠抵補每隻牧犬的熱量消耗。

很及時，很充足。但終究缺乏一點兒什麼……現在牠明白牧場缺少的是什麼了——那兒沒有爲生存而發生的直接競爭，野生的祖先遺傳給牠們的兇殘本性被和平的環境淡化掉了，在與人類與畜群的和睦相處中消融……

饑餓將那囚禁在靈魂深處的惡魔釋放出來。阿洪興致勃勃地爲食物而戰了。爲一份午餐，牠至少要跟一到三個對手輪番搏鬥。這種奇特的飼餵持續了三四天後，阿洪便自動地將每一隻進入柵欄的狗當做自己的敵人了。

饑餓刺激著動物的自私性，阿洪迅速地在遠離牧犬的路上愈走愈遠。牠有限的思維，便全部爲這現代「鬥獸場」上的勝負所佔據。

從見到對手的第一眼起，阿洪鷹隼般的目光就掃描過對手的全身，掂量著敵人的分量，乃至每一塊肌肉、每一枚爪牙的活力，如同電腦般準確，敵人的弱點霎時閃進了牠的腦袋瓜。

接下來的程序是制定對策。大量的戰鬥經驗，使牠對自身的強弱有了最客觀的估量。機靈、勇猛、快速、耐力是牠的所長，而相對那些巨犬來說，身量太小、力度不足是其所短。

牠必須針對敵方弱點，揚長避短地制定進攻計劃……

全部「掃描——反應」都要在閃念間完成。敵人不會給牠太多的時間，牠也不能留給敵方思維迴旋的餘地。剩下的事情就簡單了。按自己瞬間制定的戰術，牠準確無誤地出擊——撤退——迂迴進攻——再跳開……

牠總是在猛攻之後，以同樣的速度激流勇退，不讓對方有纏住牠的機會。這種在與瘸腿老豹的生死搏鬥中學會的、近乎野狼的戰法，使牠保持著常勝的戰績。

牠開始陶醉於用釘牙和舌尖「親吻」血肉的感受，似乎只有在那種時刻，生命才在牠的頂峰燃燒到白熾……

這種陶醉悄悄取代了牧場在牠心中的地位。雖然牠仍然不曾違背牧犬的原則，沒有殺死過一條狗。但已經夠了，對寵物養殖場來說，牠使他們從飼養大型猛犬的巨大開支中掙脫出來。

輕型鏢犬！輕型鏢犬！訂單雪片似的飛來，人們都知道這個寵物場培養了一種智慧型的「無敵輕型鏢犬」，牠無需太大的耗費，卻可以與那些形同虎豹的大狗一決雌雄。

誰都相信「二代狗王」是那條著名「狗王」的嫡系後代。

第一批「輕型鏢犬」尚在母狗腹中或剛開始吃奶，牠們的存在就已經威脅到專門飼養大型鏢犬的同行了。這是一個公開的商業訊息，但同行競爭的對手卻無法學會這個絕招——他們拿不出令顧客信服的樣品。

劉眼鏡覺得有必要在晨起遛狗時親自陪伴阿洪。作爲場長，他認爲此舉更能「隆重」地體現出阿洪的身價。

阿洪一點兒也不領他的情。牠還是那樣，高興跑就跑，高興站就站，劉眼鏡不得不依著牠。幸而馴狗員揪住白娃鎖鏈沒讓牠盡情跑，劉眼鏡才得以在阿洪停下等白娃的時間裏張著嘴大喘一番。

那天早上在公路上，他們被一輛豪華的「野馬」轎車攔住了。

車上下來一個戴墨鏡的盛裝少婦。

「我要買你的狗王。」少婦直截了當地對劉眼鏡說。

「對不起，狗王是作爲種狗保留的。」劉眼鏡彬彬有禮地說，「我可以向您推薦第二代狗王中的……」

「我只要牠。」少婦蠻橫地說，「一個手無縛雞之力的女人要變成凜然難犯的強者，就得有最現代化的防衛設備、冰冷的神經和通人性的鏢犬——賣給我。無論你要多少錢都行……」

「不可能，太太。無論妳出多少錢我都不能賣……」

「啪」的一聲，劉眼鏡的話被一記火辣辣的耳光斬斷了。

「你竟敢頂撞我？你知道我的實力嗎？只要我高興，我可以將你所有的狗連同你都買下來……」

女人身後的保鏢橫眉豎眼地走上一步，劉眼鏡捂著火辣辣的腮幫一時竟不知所措。他腳下的阿洪突然大吼一聲立了起來。

少婦尖叫著逃回車裏，保鏢飛起一腳踢向阿洪，卻被阿洪叼住腳尖，摔了個大馬趴。狂怒的阿洪又向車門撲去。

劉眼鏡使盡全力揪扯住牠的項圈，神氣地喝道：「要命的，就快關上車門滾蛋！臭娘們！妳這樣沒人性的東西，通人性的狗不咬死妳才怪！」

保鏢伸胳膊、挽袖子，還想挽回面子，那「野馬」車關上門飛馳而去。保鏢神色大變，哇哇大叫著追在車塵裏。

「喂，夥計，還是留下來給我侍候狗吧！」劉眼鏡挖苦地喊，「我的狗比那臭娘們有人性多啦！」

得意了一程，劉眼鏡忽然覺得女人的話對他很有啓發。他也是「手無縛雞之力」呀，寵物場熱門起來後，他也要成大亨，也需要保鏢的——幹嘛不把阿洪養成自己的「貼身鏢犬」呢？才陪牠遛過幾回，狗王就願意爲他挺身而出打抱不平，足見這狗跟他「投緣」。

寵物場的「招牌」，同時又是場長的私人寵犬，二者並不矛盾……

成爲「戰鬥機器」的阿洪不斷地被登上報刊。電視臺還借牠拍過廣告，《動物珍聞》中也出現了牠的蹤跡……阿洪紅得發紫啦。

當上「明星」，阿洪仍與白娃同住一間狗屋。只是牠們很少在一起進餐。偶有共進晚餐的機會，阿洪也會情不自禁地發出威脅的咆哮——其實那堆食物多得牠們兩個敞開肚子都吃不完，但「競爭意識」已滲透到牠的「習慣」之中，一種莫名其妙的「反射動作」，使牠不甘心看到自己面前的食物被另一隻狗吞食。

好心的白娃就站到一旁，等著吃阿洪吃剩的食物。

即使這樣，牠再次走向食盤時，阿洪還是用那種激戰前的「電子掃描」似的眼光打量牠，下意識地研究牠身上每塊肌肉每枚爪牙的強弱。

那眼神讓白娃害怕。

幸而在阿洪眼裏，白娃全然沒有半點可對牠構成「競爭威脅」的地方，牠才沒有下意識地採取進一步行動。

一份開玩笑似的「戰書」放在劉眼鏡的辦公桌上。

「戰書」的作者聲稱：他在這個寵物場買下那隻「灰猛十一」後，居然發現那是一隻所向披靡的奇犬，他很樂意爲那隻狗向「狗王」阿洪挑戰！

「這不是一般的玩笑，」劉眼鏡的商業顧問說，「這是你的同行爲了拆你的台，採取的一個有預謀的行動。你想想，『灰猛十一』屬大型犬，只要阿洪敗在牠手下，『輕型鏢犬』的神話豈不破產？大型犬又可趁此捲土重來，再度稱霸狗市，咱們的重頭戲就得冷場了！」

「那——咱不應戰，讓他沒轍！」劉眼鏡說。

「幹嘛不應戰？」顧問話鋒一轉，「索性咱們把這玩笑開得大一些——不但應戰，還要當做一次輕型鏢犬的看樣訂貨會的『餘興節目』來安排！只要阿洪獲勝，對方的計策就爲你所用，反過來，也就擴大了輕型狗的影響——這在商戰上叫做『將計就計，反用時機』！」

「可是，阿洪有把握取勝嗎？」

「這得問你的狗類專家。」顧問說。

狗類專家的答覆乾脆得很：「阿洪在這一帶的犬科動物裏是沒有對手的。無論敵人的身軀、力量多大，經驗多豐富，也不可能像阿洪那樣，從對陣的第一秒鐘起就進入『最佳臨戰狀態』。牠的進攻退守，都準確得像電腦控制而且達到了犬科動物的極限——即使是狼，也難以達到這樣的速度、力度以及精確度！」

「假如對手也『達到了犬科動物的極限』呢？」

「那樣的話，從理論上說，牠們將戰成平局。」專家說，「但我仍然看好阿洪——有牠那種能勝能退、臨陣不亂和決不輕易製造流血事件的大將風度，即使戰成平局，觀眾和顧客的心理取向也會一邊倒。」

劉眼鏡懸著的心放下一多半兒。他給「灰猛十一」的主人回了電話，約定了日期。

「灰猛十一」原來就是那隻被看做「被動型」懶狗的灰黑傢伙。牠曾經與阿洪擂臺相見卻沒有打起來。現在不同了，已成爲「戰鬥機器」的阿洪，是不會允許一個癡癡呆呆的大傢伙不戰自降的！

劉眼鏡徹底放心了。

但爲穩妥起見，他還是委婉地建議先放一隻大狗與「灰猛十一」鬥一場，以饗觀眾。

「灰猛十一」的主人竟很爽快地接受了。不過他提出，爲公正起見，他的「灰猛十一」半天只鬥一局。如果先跟別的狗鬥了，與狗王的決戰就要排到下午。

「那當然。」劉眼鏡說，「倘若您的『灰猛』上午就敗了，仍然得參加與狗王的決賽！」他擔心觀眾瞧不上那精彩一幕而達不到預期效果。

「『灰猛十一』不會敗在任何一隻狗手下。」狗主人回答得更乾脆，「要打敗牠，除非獅子！」

劉眼鏡咬著牙笑笑，吩咐業務員放出一隻「進擊型」的三色狗。這條狗的體重是四十七公斤。

三色狗一進場就直奔「灰猛十一」。灰猛癡癡憨憨，一連被那狗撲翻了三次。

「這樣子還想向狗王挑戰？」觀眾中有人大叫，「回去吧——趁早！別送了命！」

「用牠挑戰，簡直是對狗王的羞辱！」

劉眼鏡偷眼望望他的競爭對手派來的「使者」。那人臉上似笑非笑，全不在意地抽著一支香煙。

哄笑還沒落音，地上的灰狗突然動了一下，輕而易舉地咬住了三色狗的喉嚨！這一戰局急轉彎，讓所有的觀眾都呆住了。

一分鐘過去，兩隻狗還是那樣斯斯文文地膠結著，只是雙方互換了一下位置——「灰猛十一」站著，而三色狗躺在牠腳下。

那狗的掙扎越來越無力……

「灰猛十一」的主人叫了一聲，大灰狗撇下對手，懶懶地走回主人身邊，順從地讓他扣上鎖鏈。

三色狗便再也沒有起來。

「沒有任何狗可以敵過我的灰猛。」狗主人報復似的對觀眾喊，「如果劉場長不想讓『狗王』白白送命的話，現在還可以收回應戰！」

劉眼鏡傻眼了。此時收回應戰，無異於向大家承認輕型狗不是大狗的對手，他的經濟效益將受到極大衝擊。不收回呢……他為難地看看身邊的專家。

專家咧嘴一笑，衝對面揚揚下巴。

那邊，狗王阿洪端坐在牠的籠子裏，安詳地啃著一盤豬排。眼前的巨犬血戰，似乎絲毫沒有干擾牠的情緒和食欲。

鬥士和玩偶

那個溫柔的殺手走進鬥場時，打了個長長的哈欠，輪番蹬直四肢，將身子伸得老長老長，再恢復原狀。牠那灰色短毛下凸露的肌腱便活了，一塊一塊，隨著牠的動作在皮膚下起伏滾動。

那昏昏欲睡的外表下，隱藏著一架怎樣的力士身軀呀！與之相反，體重不到三十公斤的狗王阿洪，從外表卻看不到一點兒肌肉的曲線，誰也不知道牠粗疏的蓬毛下有什麼樣的體質。

鑒於前次的「冷場」，業務員還是在牠們之間扔下一塊五香牛肉作爲引發戰火的契機。

「灰猛十一」毫不理睬。阿洪大步向食物走去。牠一點兒也不餓。多日來形成的習慣卻使牠斷定這塊肉應該屬於牠。

柵欄外伸進一根長竿，將牛肉撥到大灰狗身子下。那狗依然一動不動，彷彿撥來的只是一塊石頭。

阿洪大睜的眼睛放出亮光。大灰狗身子下的肉足以激起牠的「掃描」和「反應」。牠微微下蹲，倏地彈射過去——

「灰猛十一」被牠按住，活生生地從脖子下扯去一塊皮肉。

疲憊的外表已經麻痹對方，大灰狗就不再裝模作樣，牠閃電般地行動起來。完成第一套動作的阿洪早彈回原地。

觀眾報以熱烈的掌聲。內行人都看出，如果不是阿洪的「好生之德」，此刻的「灰猛十一」便進入臨終彌留狀態了。

大灰狗只咬到一嘴空氣。這百戰百勝的偷襲戰術居然落空，很使牠困惑。牠調整成一個更舒適的姿勢，這個姿勢可以以逸待勞——用絕對靜止給對方錯覺，再花幾秒的時間由一朵柔曼的「雲」化作一道摧毀一切的「電」……但牠在調整姿勢時犯了一個錯誤，牠無意中撥動了牛肉，把牛肉整個兒掃到自己的身子下。

這一行爲被阿洪視爲對牠的挑釁。牠再次出擊。這次力量更大，「灰猛十一」被牠逼得仰起腦袋，從從容容地將那個傷口加大了一倍。

大灰狗果然又化作「閃電」。這閃電仍然擊在空中。

第三次突襲後，阿洪在自己的一角嚼起那塊牛肉來。這回牠沒有咬那個大傢伙，只是巧妙地把那傢伙引得轉了個圈子，乘機「漫不經心」地叼回了牛肉。

誰也沒有看清牠是怎樣從「灰猛十一」的大嘴下化險爲夷的。

大灰狗鬥志頓失。當阿洪吃下那塊美味，舔著嘴唇逼近去打量牠時，那傢伙再也沉不住氣了，牠一反從容常態，飛快地逃回了自己的籠子。

阿洪沒有乘勝追擊，也沒有回自己的鐵籠，牠直接從場子上跳過柵欄，在觀眾的歡呼和驚叫聲中，奔回牠和白娃的狗屋去了。

訂貨會繼續進行。接下來的一項是讓各類寵犬登臺亮相，如時裝模特兒般在顧客面前一展芳姿。西施、沙皮、博美、貴賓……貓兒似的玩賞狗紛紛走上柵欄外臨時搭成的高臺，在馴狗員的指揮下表演著各自的絕活——倒立、翻滾、作揖打拱「恭喜發財」，也有能歪歪斜斜翻兩下筋斗的，觀眾就報以稀稀疏疏的掌聲。

阿洪也披上一根大紅綢帶，被鎖鏈拴著牽到了幕後。牠前面是個臉藏在毛裏的小傢伙。那傢伙大概知道自己的臉很不像話，便拚命搖晃那隻大尾巴，白花花的尾毛一層層曲曲彎彎向上聳著，像一支雞毛撣子。

這「雞毛撣子」竟把顧客們的情緒煽到一個高潮……

眼前的情景和吵耳的音樂，使阿洪一下子記起了那個馬戲班。高擎的「雞毛撣子」與小猴賣力地翻跳時露出的紅屁股，在牠眼裏重疊起來。

這些因血統「高貴」自命不凡的「寵物」，跟馬戲班那隻臊臭不堪的小猴子有多大差異呢？一樣是醜態百出、搖尾乞憐，一樣是拚命博取看客的歡心……

阿洪忽然感受到莫大的恥辱。牠硬錚錚地撐開四肢，說什麼也不肯走向台前。牠是牧犬！要牠跟那幫軟綿綿、嬌滴滴的「寵物」一起去丟人現眼，牠寧可參加一場一對二的格鬥！

「登臺亮相」的程序被擾亂了。阿洪堵在台口，跟在牠後面被馴狗員們用鎖鏈和電鞭控制著的猛犬隊伍就上不了台。

臨時的「舞臺調度」揚起了電鞭。

「別亂來！」劉眼鏡喝道，「牠準是惦記著白娃——快去把那醜東西叫來！別拴！白娃不是展品。」

白娃被領到阿洪身邊。阿洪友好地跟牠碰碰鼻子，汪汪叫兩聲，擠開幾個擋道的人，領著牠向台下走去。

「拉住，別叫牠走了！」劉眼鏡喊。

繃緊的鎖鏈卻斷了。馴狗員苦笑著衝劉眼鏡揚起手中的斷鏈。「我說過的，這畜生要換大號鏈子……」他替自己開脫。

「可這不是囚禁，這是演出！」劉眼鏡氣急敗壞地說著，親自追下臺去。

沒回狗屋，阿洪和白娃跑到養殖場的後院——那片別的狗從不涉足的淺草地上。是綠草的清香把牠們引到這兒的，那久違了的綠色……阿洪不可遏制地惦念起牠的牧場來。綠色原野上的勞作和嬉戲，那兒的歡樂和驚駭，那些快樂的無憂無慮的牧工……

老牧工幹嘛要讓牠離開那美麗的地方？

是的，牠在這兒成了眾目所矚的中心，遠比在那荒涼的牧場時更受到人們的敬重和寵愛。牠可以任意發洩，把那些牠瞧不上眼的狗東西咬得鬼哭狼嚎。牠為一條出身「低賤」的混血牧犬掙得了地位……

但牠付出了很大的犧牲！牠變得兇惡、狹隘、目中無人，牠全然不像那隻忠勇誠實的牧犬了。那些牧工，牠最敬重的人們，還會像過去那樣愛牠嗎？

不，他們會為牠傷心的！如果知道他們的阿洪已經變得像狼一樣殘暴……

尤其是老牧工。阿洪還在吃奶，母親就在與狼群的戰鬥裏為保衛乳牛犧牲了，是老牧工把牠貼肉包在衣衫裏，用一隻帶奶嘴的葫蘆把牠餵大的……

還有那些乳牛、奶羊——牠眾多的奶媽；

那些馬駒子、奶犢子——牠一起嬉戲長大的夥伴……在牠們眼裏，現在的阿洪不是像狼一樣可怕嗎？

一小片淺草幻化成寬廣的牧場。「阿——洪——」牧工嘹亮的聲音在曠野迴盪。牠於是迎著那召喚飛奔——

牠要去攔馬！

牠要去牧牛！

牠要去跟野獸搏鬥，要保衛幼畜！

……那辛勤的勞動，沸騰的生活，那充滿愛的一切，與眼前的種種相比，是多麼值得留戀。

牠在那兒坐了一夜。馴狗員軟硬兼施威逼引誘，都沒能把牠弄回狗屋，他只好使出下策——去拉白娃。

這個蠢主意差點兒讓他付出了三個指頭的代價——阿洪把他從白娃身邊掀倒在草坡下，那隻斷了半截的釘牙無意中劃過他的手掌，三個指根都露出了骨頭……

與競爭對手所希望的正好相反——由於阿洪出色的格鬥，訂貨會獲得了極大成功。

訂單超過了預計的十一個百分點，現在，即使寵物場所有的母狗都使著勁兒生崽子，也供不應求了。

喜氣洋洋的劉眼鏡決定讓阿洪再「表演」一次，來答謝各地客商的捧場。爲充分展示阿洪的實力，這一場格鬥的敵方由客戶指定。

西裝革履的劉眼鏡親自給阿洪做賽前鼓動。他給阿洪梳理著亂毛，不時地將香腸和巧克力塞到阿洪口中，拚命地套交情拉感情。

「……咱們都被逼著拼上啦！夥計！」他小聲地貼著狗耳朵說，「生活是啥？生活就是競爭——你不打敗那些敵人，你就不能活；戰勝了呢，你就穩坐『狗王』的交椅啦。你可以生活得就像上帝的狗一樣，在天堂般的樂園裏吃香喝辣……我也一樣，夥計！不把對手整垮，我就發不了財，說不定還得破產……幹吧！咱們合夥幹！真羨慕你這身鋼筋鐵骨！要是我的企業也有你這麼一副打不敗拖不垮的機體，得心應手運轉靈敏，嗖——就能咬斷對手的生命線……那該多理想！」

這些話與其說是說給狗聽，還不如說是講給他自己聽。他太興奮了！他希望有人分享自己的喜悅，但有些話是不能對人說的。唯有對狗這樣忠誠的啞巴畜生，才能傾心相吐。

阿洪從劉眼鏡的語氣中猜出這個人又將有求於牠。牠熟悉這種甜言蜜語，隨之而來的必定有凶險的格鬥。而那些格鬥，會給這個戴眼鏡的人帶來許多好處。

阿洪不在乎跟誰鬥。甚至，在前一段時期，牠還渴望過這種戰鬥。牠的勝利在給眼鏡帶來好處的同時，也能爲牠自己爭得賞賜和新的榮耀，二者並不矛盾。但今天，牠覺得這一切都是那樣可憎可厭——

爲了利用牠而假惺惺地親熱；

爲獲勝而佯裝的平靜；

殘暴的同類血戰……

牠在場子裏的格鬥，與那些巴兒狗在舞臺上的忸怩作態討人歡喜，僅僅是形式上有所差別而已——牠們都屬於同一系列。牠這種脖子上套著鐵鏈的格鬥士，何嘗不是引闊佬閒人們開顏一笑的玩偶！……

牧犬有限的思維不可能將思路拓向縱深。牠只是覺得無聊和厭惡。牠不客氣地掙開劉眼鏡的摟抱，跑回狗屋。

「這惡棍，牠至今還沒學會討人喜歡哪！」劉眼鏡遺憾地說。

「最好的狗是從不以奴僕自居的，牠至多把主人看做牠的夥伴。」狗類專家說，「你的阿洪不屬於高貴血統，簡直不可思議！」

觀眾佔據了柵欄四周的每一個空隙。

阿洪上場了。

客戶爲牠挑選的對手是與牠體形不相上下的狼狗，但不是一隻，而是三隻——劉眼鏡有心要趁阿洪的身體狀況和競技狀態如日中天時，將牠的神勇渲染到登峰造極，於是在客戶提出「二戰一」時，他仍然深奧莫測地微笑不語。直到對方說出「三戰一」，他才表示贊同。

三戰一——假定有《寵物史》，那上面將留下一個不可超越的紀錄，而成爲他的寵物養殖場、成爲他的輕型鏢犬永久性的廣告！

不過，今日的阿洪全然沒有了往日那神采飛揚的狗王風度。牠站在場子中間，沒精打采地呆立著。催戰的口哨再次吹響時，牠竟坐倒了。

三隻久經戰陣的狼狗驚悸地退開了一圈兒。牠們跟所有在場的觀眾一樣，都把阿洪的行爲看做了誘敵深入之計。爲了不至於被突發的偷襲命中，狼狗們撒開長腿繞著阿洪奔走開了。

阿洪端坐不動，狼狗們的「舞蹈」便一圈圈繼續著。觀眾發出不耐煩的噓聲和呼哨聲。

「怎麼啦？」劉眼鏡狠狠地瞪向馴狗員。

「誰知道？這傢伙……」馴狗員急得滿頭大汗。扔下「挑釁」的長竿，他跑去拿來一塊帶骨頭的生肉。

阿洪乾脆閉上眼，把頭伏在地上。

——讓牧犬充當打鬥取樂的玩偶，是對牠們全體的侮辱。牧犬是人類勞動的夥伴，不是向閒人貴婦搖尾乞討白食的可憐蟲！

這時，有一隻大膽的狼狗從阿洪鼻子前面叼走了那塊肉。

狼狗們並不饑餓。這些訓練有素的雜交動物也沒有去爭食生肉。牠們沒那麼傻。既然主人讓牠們合力對付一隻貌不驚人的長毛狗，這狗就決非等閒之輩。取肉之舉是一種「火力偵察」，一種對敵人膽識和格鬥技能的考察。當事實證明坐在牠們面前的長毛狗不過是一個徒有虛名的傻瓜時，狼狗之一輕輕地噓了一聲，三隻狼狗同時進攻了——

牠們採取的正是阿洪慣用的戰術：突擊，撤退。整個攻勢，從發起到完成都濃縮在短短的一秒之內。阿洪的兩肋和左耳滲出鮮血。

狼狗們迅若疾風的襲擊，在阿洪的眼裏看來，不過是一連串分解動作的連貫。牠可以瞅住每一個動作的弱點予以反擊或者逃避。但牠沒有那樣做，仍保持「嚴密防守」的匍匐姿勢。牠近乎麻木地承受了第一輪打擊。

這些謹慎的狼狗沒敢掀動牠的身子，因而未傷及阿洪任何要害，這一回合依然只能算作一次向縱深發展的火力偵察。

「狗王病了！」有人擔心地喊，「取消——取消這場競賽！」

「狗王不會病！」另一些人叫著，「讓牠戰下去！這是牠的緩兵之計！」

劉眼鏡猶豫不決地看看他的專家。

專家悄悄說了六個字：「一不做，二不休。」劉眼鏡點頭會意。他衝旁邊一個漢子點了點頭，那漢子手持彈弓，對準再次逼近阿洪的一隻狼狗，打出一顆豆子般大的小石子。

小石子擊在狼狗的鼻尖上。那狼狗誤認爲是阿洪對牠的傷害，便不再猶豫，嚎叫一聲，將長嘴拱到阿洪的脖子下。另兩隻也一齊行動，使勁掀起了阿洪的腹部。

「防守」被突破，阿洪的要害暴露在狼狗們的尖嘴獠牙之下……

那隻咬向阿洪喉頭的狼狗突然慘叫著摔開，另一隻也緊跟著飛出，砸在那狼狗的頭上；從側後進攻的狼狗似乎沒受到任何反擊，卻也瘸著一條血糊糊的腿逃向牠的夥伴！

這一連串反攻氣勢之猛，速度之快，超出了在場所有觀眾的意料，一時間全場肅靜。片刻，才爆發出暴雷般的歡呼聲。

三隻狼狗都只受到不同程度的輕傷。但牠們顯然嚇壞了，無論怎樣呵斥驅趕，都不敢再向阿洪走近一步。

阿洪又恢復了懶洋洋的假寐。周遭的一切，牠看不見也聽不到。牠回到一望無際的牧場，那吵耳的歡叫喝彩，在牠耳鼓裏也幻化成風聲。那在牧場上呼嘯的，能讓熱血滾沸的綠色的風……

「……能不能在下午安排牠再幹一場？」觀眾散開後，劉眼鏡說，「這場相當精彩，可是……

都覺得不過癮呢。他們又另外選了三隻更厲害的大狗。」

「這得問牠自己。」馴狗員一邊給狗拴鐵鏈，一邊沒好氣地說。

「渾蛋！誰准許你用這種口氣對我說話？」劉眼鏡的眉毛倒立起來。

「我生來就是這種口氣，先生！」爲阿洪嘔了一肚子氣的馴狗員也強硬起來，「不喜歡聽，您就別跟我說話好了！」

劉眼鏡掄起手臂賞了馴狗員一記耳光。

把這一切瞧在眼裏的阿洪一躍而起，將劉眼鏡掀倒在地。馴狗員慌忙拽開牠。幸好阿洪並不打算真咬人，牠只是警告地咧嘴露齒，衝倒在地上的劉眼鏡吼了一聲，就拽著新換的大號鐵鏈揚長而去。

馴狗員被拖得跌跌撞撞，身不由己地跟著走了。

被阿洪嚇得失魂喪膽的劉眼鏡狼狽不堪地爬起來，拍著身上的泥灰，苦笑著搖搖頭。他還曾打算把阿洪馴成「貼身鏢犬」哩。看來，這通人性的狗壓根兒沒把誰看做牠的主人。牠只是以弱者的保護者自居。誰想當著牠的面逞強，活該倒楣！

「進去吧，老爺！」馴狗員在狗屋外的水泥圍欄邊替阿洪解開鐵鏈時，真想踹牠一腳。爲這狗他好幾次頂撞了場長。剛才阿洪打抱不平的行動，更是大大地把他的頂頭上司得罪啦！

但他的腳快沾上狗背時，又悄悄地縮了回去——他可不想爲洩憤而失掉半隻腳掌！

白娃像平時那樣跑出狗屋來迎接阿洪。阿洪麻木地接受了牠碰鼻子的敬意，徑直走進狗屋，仍然那樣怏怏地趴著。

牠不吃晚餐，也不睡，只翻起無神的眼，看著窗口透進的陽光一寸寸滑過，變作緋紅的一線，而後消失；看著鐵柵門外那畫在鐵皮上的大狗在暮色中淡下去、暗下去。天便變得深藍，銀色的星星一顆顆在那上面閃現出來。

忽然牠跳到門邊，急躁地把鐵門搖得哐噹哐噹一迭連聲。

「發瘋嗎？」馴狗員在外面發威。他又受了劉眼鏡一頓好訓，正憋了一肚子氣。

回答他的，是阿洪整個體重砸在門板上的震響。

馴狗員忙開了門。如果真讓狗王撞傷了，劉眼鏡可饒不了他。

阿洪領著白娃向外走去。

「你去哪？」馴狗員抓起鏈子追出去。

阿洪不理不睬，一溜小跑奔向寵物養殖場的大門，又用爪子使勁搖晃大鐵門。

「放不放行？」門衛老頭兒從小屋裏伸出頭，問追在後頭的馴狗員。

門。

「放放放！」馴狗員說，「要不，這狗東西會一直撞到天亮——弄傷了牠，你我可賠不起！」

門衛便開了一扇便門，把兩隻狗放出去。

馴狗員才想起沒趁這機會給牠們拴上鐵鏈。拴不住狗王，拴上白娃也好呀。他急急忙忙追出

阿洪沒有走平日遛慣的熟路。牠全無差錯地走出小鎮，領白娃走上通往牧場的公路。

「站下……等等，狗老爺……」馴狗員追著嚷著，「你別跑呀……」

兩隻狗一聲不吭。

走過鎮外的小橋，牠們突然加快速度，在乾燥的紅土公路上踢起了高高的塵土……

歸途遇險

對於花狗公司的兩名雇工來說，今天晚上他們真是交了好運。

爲了寵物養殖場的狗王阿洪，公司老闆傷透了腦筋——他們以各種名義派出的「鬥犬」接二連三地被阿洪挫敗，非但沒能弄垮「輕型鏢犬」的牌子，反而替人家做了免費廣告。花狗公司的大型鏢犬就要面臨滯銷——這可都是花大價錢養出來的名貴猛犬哪！

老闆不止一次地向他的雇員們暗示過——只要「抹掉」阿洪，他是不會吝惜獎金的！要是能把阿洪弄來，讓牠替公司服務，爲公司繁殖小型鬥犬呢？這種好事老闆想都不敢想。

這兩名雇工卻想到了。因爲他們知道，如果能將狗王活生生地交到老闆手中，那一筆鉅額賞金絕對會加倍。

可號稱「戰鬥機器」的狗王，是那樣容易弄到手的嗎？

兩名雇工曾混在觀眾中領略過狗王風采。那確是不折不扣的「戰神」，想擒住牠，非得有諸葛亮的智謀不可。他們絞盡了腦汁終於想出個主意：趁狗王外出溜躂時，用麻醉劑醉翻了牠，再裝進麻袋揹走。

他們知道狗王每天都要撇下馴狗員，自行其是地跑上好遠。帶了一條麻袋、幾根注入了麻醉劑的火腿腸，他們跟蹤了阿洪幾天，卻沒得到下手的機會。阿洪特性急。牠的「溜躂」純粹是賽跑。每次他們抄小路趕到前面，還沒安放好誘餌，兩隻狗就吧嗒嗒吧嗒嗒跑馬似的衝過去了。

他們也觀察過阿洪的住處。要悄悄把香腸扔進去──扔進去不難，難的是怎樣把醉倒了的狗弄出來──狗屋、水泥柵欄、還有大鐵門，一到夜間，重重疊疊都上著鎖。更何況還有馴狗員，還有門衛……

轉眼天又黑了下來。這兩位想了又想，沒想出個萬全之策。

「算了，咱沒這份財運，回去吧。」那個鬍子大漢打著哈欠說。

小個子卻不甘心。「等等。」他說，「再等一小會兒，你讓我想想……」

忽然，小個子遠遠盯著寵物場大門，喜出望外地輕叫了一聲──

狗王，竟鬼使神差地走出了大鐵門邊的便門，隨後是一條白狗。接著追出了馴狗員。

「怎辦？」大個子問。

「幹啊！這樣的好機會，你還怕錢扎手呀？」

兩個人跨上一輛摩托車遠遠地跟著。

在橋頭，他們超過了急得要哭的馴狗員。狗在前頭跑，離那傻瓜越來越遠，他們就更興奮。靜夜無人，事情變得很簡單——只要追過去，扔下誘餌……

摩托車超越阿洪時，牠正放慢腳步站下，回頭觀望牠的短腿夥伴，然後兩隻狗又急急地向前趕路了。

牠們要逃往哪兒去？別管它！反正狗是自己逃出來的，姓劉的決不會懷疑到花狗公司去。前頭車稀人靜，正好下手。

摩托車後掉下兩根火腿腸，再向前滑行了十來米，剎住了。

疾奔的阿洪沒有理睬路上的誘餌。

白娃站住，嗅了嗅，叼起一根；阿洪在前頭輕輕地噢了一聲，牠便扔了那美味，顛兒顛兒追上去。

摩托車只好繞回，拾起火腿腸又朝前趕。看來此刻狗都還不餓。耐住性子等吧，等牠們跑累了，餓了，一定會吃的。

轉眼奔出七八公里。狗的速度慢下來。阿洪停住腳等待白娃的次數越來越多。摩托車上的騎手便又扔下誘餌。

又是白娃嗅了嗅，便跨過了那兩根火腿腸。他們只好拾起來，再往前面扔。

第三回，第四回，阿洪依舊不理不睬。

如果這兩人知道牧犬所受的訓練，就不會一次次徒勞往返了。

爲防止牧犬吞食獵人或是偷牛賊扔下的誘餌，牧犬很小起就受到嚴格的紀律約束，決不隨便撿食來路不明的食物——何況牧犬之王。

第五次發現火腿腸後，連白娃也不屑去嗅了。撇開牧犬的紀律不說，同樣的東西在路上出現了這麼多次，也足以引起牠們的懷疑啦。

那幫使詭計的傢伙也太小看牠狗王了！阿洪惱怒地撕碎了火腿腸，踢進公路邊的水溝，便招呼白娃一起躥上路側的松樹崗子。

牠們在草叢裏埋伏下來。阿洪想要證實一下毒餌與那輛往返不停的摩托車的關係。

摩托車果然回到放火腿腸的地點。

「吃啦？」一個人說。

「準是吃下了！」另一個很高興，「這種麻醉劑會在半分鐘內生效——牠們跑不多遠的！」

兩人在公路兩旁跑了一圈兒。最後，在車燈照亮的水溝裏，他們找到了撕碎的火腿腸。

「白費心機了！」大個子頹然仰倒。

「能找到的，夥計，」小個子給他打氣，「那短腿狗跑不動，只要找到牠們，有機會逮住短腿……你沒見狗王挺關心牠嗎……」

證實了這兩個傢伙的危險性，阿洪便不再耽擱，領著同伴從山道上往牧場方向跑。

這次出來時，牠就從車後面看準了路線，只要不偏離公路，就不會迷失方向。至於那兩個騎摩托車的傢伙——識破了他們，牠就不會上當了。要是來明的，兩個一齊上都不是牠的對手——讓他們跟著好了！

遠離了市鎮的喧囂，阿洪又感受到了那種綠色的風，牠整個兒快樂起來。從山坡往下看，星光下白生生的公路指向遠方那座熟悉的大山。這是一個路標。順著「路標」的指向，牠們可以準確無誤地跑回大山下的牧場。

前方有一片閃動的水光。阿洪想去喝個痛快。然後，牠要領著白娃，重新體驗牠們歡樂的戲水和潛泳……牠歡快地向後面招呼一聲，撒開了四條長腿。

溢洪口水聲潺潺。小小水庫倒映著星空、山影和近旁的森林，是那樣美麗、寧靜。在這炎熱的夏夜長途奔走之後，那幅靜美的畫，就像一支安魂曲。阿洪嘰呱嘰呱地舔著涼水，等待白娃。

白娃卻遲遲沒有趕到。

阿洪回頭望望，心中忽然掠過一種不祥。牠叫了一聲，朝來路跑去。

白娃真的不見了！

一隻狗決不會在另一隻狗身後走失，出類拔萃的嗅覺能使每一隻狗都成爲尋蹤專家。那麼，結論只有一個——白娃遭到了意外！

白娃吞吃了毒餌嗎？不會。爲了警告那饞嘴的小傢伙不再上當，牠當著白娃的面把那可疑的火腿腸撕碎了。

那麼，是不是踏上了捕獸的鐵夾？

這個猜測也否定了。因爲鐵夾只會將被害者「釘」在一個地方，卻不能阻止牠的叫喚。

還有一種「炸蛋」……那是一種裹在香酥油團裏的殺手。幼年時，牠曾拾到過一枚。那香酥可口的東西使牠無法抗拒引誘，牠把那「油蛋」含在嘴裏，牙齒輕叩，那沙沙的震動使牠警覺起來。牠把那東西吐在一塊石頭上，用腳踏去——轟！隨著一聲炸響，幾塊瓷片扎進了牠的前腳……幸而爆炸不是發生在牠的兩排牙齒中間……白娃是不是也遇到了那誘人的「酥油炸蛋」？

如果是，牠該聽到爆炸聲。

阿洪有些慌了。在那一段路上，牠來來回回地奔跑呼喚，希望聽到白娃的回應。但白娃彷彿上天入地，就那麼消失了……

心焦口渴，阿洪又回到水邊舔水。

忽然，牠聽到水庫對面有壓抑的犬吠。牠大驚抬頭，隔著十多米寬的水面，有個白花花的身影

——那不是白娃是誰？

一個瘦小的人正在用一根繩往白娃身上纏著。阿洪認出了，那是駕摩托車跟蹤牠的傢伙！另一名大個子則站在牠與白娃之間，在那齊人頸深的水裏衝牠挑釁地吹口哨。

阿洪想也沒想就躍入水中。

「真恐怖——牠像個魔鬼！」大個子驚呼。

「別怕——你一跑，牠準撲上你咬死！」小個子在岸上指揮，「你千萬別動——按我剛剛說的辦法幹——不要忘了，狗比你矮，力氣再大，浮在水中的牠是幹不過你的——注意——準備——伸手，抓住牠的爪子別放……」

大個子緊咬牙關壯起膽子，伸出手握住了阿洪的一雙前爪。阿洪張嘴便咬。不提防那傢伙使勁把牠拽向水底！阿洪接連嗆下幾口水，鼻腔如遭火烙，腦瓜嗡的一聲，似乎大了許多！

牠全力掙扎著，可是在水的浮力和阻力下，牠的動作全變得輕飄飄、慢悠悠，根本無法掙脫那雙擒住牠的手。

意識逐漸迷糊，牠身不由己地終止了反抗……

「哇，真靈！這法子真靈！」大個子高興地大叫，「我抓牢了牠——牠幹不過我，牠軟下來啦！」

「別把牠淹死了，」小個子提醒，「讓牠出水透透氣……可別鬆手，一鬆手你就沒命了——透透氣，等牠開始反抗了，再淹牠！」

大個子一一照辦。匆匆換了口氣的阿洪又被按下水去。

向來以水性自豪的牧犬之王沒料到自己浮在水中竟是如此不堪一擊！牠恨自己大意輕敵，居然中了這兩個傢伙的圈套！

敗在這樣的對手腳下，牠死也不甘心！阿洪憋著口氣，張嘴咬向近在咫尺的敵人。但那在水底立定的漢子，就像一座鐵塔，牠的掙扎根本不能觸動那人一分一毫……

「下一步怎辦——你快來呀，我簡直捉不住牠了，這個惡鬼……」大個子喊，「我的手被牠弄得要抽筋了！」

「堅持一下——快了，我綁好這個醜傢伙就……再放牠透透氣！淹死了，咱哥們的獎賞就丟了一半！」

小個子說罷，抓著痲袋戰戰兢兢地走下水。

得到換氣機會，阿洪叫了一聲，大個子忙把牠按下去。

「你能不能快一點兒？我快要累死了！」大個子催。

「我知道……別鬆手！鬆了咱們都活不成……」小個子害怕地繞了一個大圈兒走到阿洪後頭，

磨磨蹭蹭撐開了麻袋口，「在沒紮好麻袋之前，千萬要抓緊！」他再三告誡著，仰起頭，小心地用麻袋套住了阿洪亂蹬的後肢。

大個子突然見了鬼似的尖叫起來——

白娃不知怎樣掙脫了繩索。牠已經跳下水，悄沒聲地游到大個子身後，潛到水底，咬住那人的左腿，將利齒深深地扣進皮肉。

「蛇！我被水蛇咬了……」大個子不顧一切地放開阿洪，往水下亂抓亂打，摸到一顆毛茸茸的大頭，他嚇得聲音都變了，「鬼！有水鬼……」

可小個子更顧不上他了——浮出水面的阿洪張嘴就撕下他半邊襯衣，小個子扔了麻包逃向岸邊。大個子則糊裡糊塗游向水庫中央的深水區。

阿洪吸足了氣潛下水，追上大個子一口咬住，使勁往水下按。白娃在另一邊揪扯著那人的長髮，牠們兩個齊心協力將他浸得直翻白眼。

白娃還不解氣，趁阿洪歇著，牠咬住那傢伙的頭髮在水裏游了幾圈，把自己都累得不行了，才在阿洪的幫助下把他拉扯到岸邊，將腦袋擱在水壩上。事到如今，牠們仍然嚴格遵從著牧犬絕不殺人的準則。

然後，牠們走上了堤岸。兩個夥伴都累得彼此依靠著，才能站穩身子。

靜夜的清涼，使牠們很快恢復了體力。看看那半截身子浸在水中的大漢已經開始呻吟，阿洪才放心地跑上公路。白娃緊跟在牠身後，彷彿影子。

夜深人靜。公路上沒有一輛車、一個人。只有遠村稀疏的燈火，與天上的繁星遙相呼應。那熟悉的大山剪影，在星光的襯托下便更加清晰。

突發的摩托車聲如槍彈從腦後襲來！阿洪心上一緊，猛地將白娃撞開，自己躍上路坎，小個子駕駛的摩托車風馳電掣與牠們貼身擦過——那可惡的傢伙仍不肯放過牠們。

阿洪勃然大怒，趁摩托車轉過身又向牠們撞來之際，牠閃身讓過車頭，從側面向騎車人撲去——小個子連人帶車翻下公路一側的田壟。

小個子摔在路側。摩托車一連滾下幾個石坎子，一頭栽進荊棘叢，嗡鳴聲戛然而止。那人掙扎了幾下沒能爬起來。

阿洪高高在上地看著那居心險惡的傢伙，招呼白娃上路。

沒跑上十米，牠又飛奔回來。小個子還在那兒哼哼著想爬上路來。狗王去而復回，使他幾乎喪失了求生的希望——他觀賞過狗王的格鬥。他知道，此時此地，阿洪要置他於死地何其容易！

汪！阿洪衝白娃叫。

汪汪！白娃回應。

然後兩隻狗跳下路坎向小個子跑去。

與小個子估計的恰恰相反。牧犬的心目中早已消除了「仇敵」這個概念，此刻出現在牠們眼裏的，只是一個受傷的、孤立無助的可憐人。在牧場，對這樣的人或者牲畜施行營救，都在牧犬的職責範圍之內。

牠們下來，是想幫助他爬上公路，以便儘早被過路人發現而得到援助。可是牧犬的博大胸懷反而不能被那個人所理解。小個子靠住石坎，支撐著半截身子，抽出一把雪亮的小刀，用那隻沒受傷的手亂舞起來。

試圖接近他的阿洪前胛上挨了一刀。

汪汪汪汪汪！白娃憤怒了。

小個子的刀便飛舞得更快。阿洪和白娃對視一眼，只得放棄了嘗試，撇下那心地狹窄的可憐蟲，跑回大道。

踏著星光，兩個夥伴向遠處那熟悉的山影奔去。

風更涼，夜更靜了……

第四部
綠色的風

新的血案

寵物養殖場的「狗王」阿洪失蹤的消息，當天晚上就在電視台的《本埠新聞》後的「每日金曲」欄目中間插播了。劉眼鏡還補充了對找到阿洪送歸養殖場者「重謝」的具體獎金。

瘦乾巴收看到這一啓事後，高興得再也躺不住，他跑到場部辦公室，給劉眼鏡撥了個電話。

「……我有辦法替您解圍。眼鏡！」瘦乾巴對著話筒悄聲說，「我的超級牧犬……」

「該死的瘦鬼！我早就疑心是你偷走了阿洪！」劉眼鏡咬著牙根子說。

「笑話！我瘦乾巴會幹那種缺德事嗎？再說，今兒我整整一天沒走出牧場，不信您問……」

「要不是你們場長再三證實，我早就找上你了！」劉眼鏡的語氣緩和了些，「說吧——你那草雞狗怎樣啦？我的輕型鏢犬下月開始上市，以後將源源不斷地供應寵物市場，宣傳攻勢只可加緊，不能放鬆——我需要能替代狗王的猛犬，而不是被水獺咬得屁滾尿流的草雞！」

「瞧，您說得多逗！」瘦乾巴顯得極有涵養，「我要向您彙報的正是這個——我的『黑皮兄弟』今非昔比啦！就是狗王還在，也未必是牠們中任何一個的對手！您知道我是怎樣訓練牠們的嗎？我給牠們餵毒藥！還吃活獸——開始是野貓、岩蟒、狼崽子……牠們必須戰勝這些東西才能獲得食物，最後是狗。——我堅信，只有在啃咬同類活生生的身體時，才能培養真正意義上的殘忍——一隻鬥狗必不可少的素質！其次，我將牠們從小就分別關在堅硬的與世隔絕的岩洞裏，沒有感受過任何人間或是動物之間的溫情，對一切的仇恨就主宰著牠們的全部腦細胞了……」

「真有你的，瘦鬼！」劉眼鏡轉嗔爲喜，「你幹嘛對我說起這些？」

「除了想賣狗給您，我還想上您那兒去做事。」瘦乾巴說，「我可以用事實證明我是第一流的馴狗師！」

「可是你的訣竅都說出來了——讓狗咬狗什麼的……」

「您以爲這就是全部？錯了！除了我，誰敢用毒藥培養狗的兇猛？誰有辦法迫使普通狗以生蛇惡獸爲飯？誰能培養出超級狗王……」

「——好吧。讓你的兩隻狗比試一下，將那隻更強些的賣給我，我可以按牠戰勝的敵手的最高價格付賬……」

「不能再高一點兒嗎？」

「已經夠高的了。」

「那麼，兩隻一齊賣給您，價格加倍？」

「——不要。你培養的惡棍會不停地咬死同類，我可分不出更多的人手來控制牠們——就要一隻。記住——那隻強些的！至於你的工作……只要黑皮確實用『無敵』來證明你的才能，我沒有理由不聘請你當馴狗師！」

「好。咱們就算說定了！」

喜滋滋地折騰了半夜，瘦乾巴一點兒睡意都沒有了。天剛亮他就悄悄起床出了房，牽著他的皮黑進了關著黑皮的山洞。

這對孿生兄弟除了在戰水獺那回被套上嘴絡見過一面之外，再沒重逢過。連他自己也不知究竟誰強誰弱。他要讓牠們來一場公平競賽——當然不是爲了選出強者，而是爲了找出那隻弱些的賣給劉眼鏡——迎戰那些養尊處優的「貴族老爺」狗，用這對兄弟中的弱者就綽綽有餘了。那隻強些的嘛，他可以賣給劉眼鏡的競爭對手啊。到那一天，劉眼鏡會後悔不迭的。

想著劉眼鏡那吃後悔藥的樣子，瘦乾巴忍不住哧哧哧笑出了聲。洞裏黑乎乎的。解下狗鏈，他又摸索著打開鐵門，早就在抽搐著鼻翼、激動萬狀的皮黑嗖地躥進洞去。瘦乾巴忙關牢了鐵門。

黑暗中展開了可怕的廝殺！犬牙相撞的咯嘎聲裏火星四濺。瘦乾巴瞪著眼，可除了那幾星火花和偶爾閃現的狗眼冷光，他什麼也看不見。

他抱怨自己不該沒帶上一隻手電筒。這兩個陰險的傢伙都不出聲地鬥打著，憑聽覺根本無法分辨誰勝誰負。應該休戰，等洞子裏亮一些後再決勝敗。

這樣想著，他打開門，想找出皮黑。裏面卻安靜下來了。稍停，響起了啃咬骨頭的聲音。

「該死的！有一個被咬壞了！」大聲罵著，瘦乾巴探下手去，果然摸到一具不動的狗屍。他使勁把狗屍拖出來，關上鐵柵子門。

接著，他氣急敗壞地把狗屍拖到洞口的晨光裏——死去的是皮黑。那兇惡的同胞兄弟把牠咬死後，又匆匆忙忙從前肢上挖去一塊帶骨頭的肉……

瘦乾巴毛骨悚然。他算是真正領略到黑皮的暴戾了！

爲不引起注意，他將皮黑扛到河邊，拋下水去。再回到洞裏，天色已經大亮。黑皮在洞中狂怒地咆哮著，把鐵柵子啃得嘎吱嘎吱響，那齜裂神凝的兇眼，讓瘦乾巴也覺得害怕。

他才想到自己找出皮黑屍體的同時，就得罪這惡煞了，倘不弄些活肉來穩定牠，他不敢說自己能夠平安地牽牠上路。

瘦乾巴跑到公路邊，從肉案上買了二斤新鮮豬肉，拎回山洞。黑皮嗅了嗅，叼起那塊肉，恨恨地朝他摜來。

這個吃慣了活物的惡棍，不是親自咬死的動物牠還不吃哩！一時上哪兒去抓活獸呢？

瘦乾巴後悔不該忙著扔了皮黑。可事已至此，只好設法去引誘別的狗了……

一抹朝霞開啓了新的黎明。涼爽的晨風在草場上推動著潮湧般的綠浪，牧場的房舍便如顛簸在大海中的幾艘小船。

「小船」被霞光染成了淡淡的玫瑰色，漸漸向阿洪和白娃駛來……

整夜的奔波，使兩隻狗又熱又累。長毛沾滿泥灰，棉被般厚重地纏著身子，說不出的難受。

牠們不約而同地跳進公路左側的河灣。往清涼的河水裏扎了個猛子，牠們身心的勞累一下子被沖洗得無影無蹤。

牠們在泛著胭脂色的河面上相互追趕著游了兩圈，又潛下水，去重訪牠們抓過「獺王」的那個洞穴。洞穴依然如故。裏面卻再也沒有了水獺。

獺王的崽子呢？牠們是餓死了，還是搬了家？

爲獺王的崽子擔著心，牠們浮出水面，正好看到順流而下的狗屍。

好像是惡鬼黑皮……不對，頭上沒疤痕，那麼該是牠的兄弟皮黑。皮黑脖子上翻著個老大的傷口，是水獺？水獺沒那麼大嘴。顯然不是。

不是水獺，又是誰幹的呢？

可怕的遭遇在心上投下了陰影，牠們再也沒心思玩下去了，兩個一齊泅向那個水下石窟的方向。牠們要從那個秘密通道直接跑上牧場，讓牧工和夥伴們大吃一驚；阿洪還想去看看那個囚在石窟裏的黑皮。牠還是那樣兇嗎？牠知道牠的兄弟死了嗎？

白娃搶先鑽下水。

正要潛入水中的阿洪忽然聽到有人叫牠。

循聲望去，呀，場長！老牧工！絡腮鬍子……

「阿洪——阿洪——阿——洪——」幾條嗓子爭著喊。

撲通！有兩隻狗撲下水，快活地吠叫著向牠游來；阿洪心頭一熱，拍響一溜水花，朝那邊迎上去。

「小鬼頭，難怪我昨夜又夢見你！」老牧工喜得眼淚流出了眼眶，「今兒一早，看到有東西在水上游，還當自己看花了眼……白醜呢？我明明看到一黃一白……」

老牧工手搭涼棚向水上瞅。阿洪知道他是找白娃。哈，他們誰也不知道那個秘密通道！這會兒，白娃快到大草場上啦。

幾條牧犬在沙岸上滾作一團。離開才三個月，倒像闊別多年似的。所有的狗都大老遠趕了來，跟阿洪碰碰鼻子。只有那被公牛傷了腿的黃胖縮在後頭不敢過來——牠被阿洪「懲罰」得害怕了。

阿洪走到牠面前，友好地在牠臉上舔了一下。黃胖的自卑和畏怯很快消失了。牠高興地搖起尾巴，跟大夥兒一起，簇擁著阿洪朝場部的食堂那邊跑。

老牧工高叫著牧犬的名號，將乾肉和奶豆腐一塊塊拋向空中。這不僅僅是訓練牧犬的伶俐。爲防止牧犬撿食野地裏的毒餌或「炸彈」，牧犬從成年起就不吃地上的食物了。牠們的吃食至少得盛在食槽裏，或者乾脆從空中截獲——老牧工逢上順心事，總愛這樣餵食。

牧犬們規規矩矩按點名的順序出列。牠們從沒有過爭食的習慣，很小就懂得紀律和謙讓。這除了嚴格訓練，更重要的原因之一，是這兒的食物從不缺乏，每條狗都能得到足夠的營養。與那個利用饑餓和同類爭鬥把狗訓練成狼的競技場相比，這兒的一切，怎能不讓阿洪感到格外親切！

「白醜——」老牧工特地挑了一塊鮮嫩的腰脊肉，仍然不見白娃出來領食。「白醜——白醜呢？」

真的，白娃到現在還沒露頭！難道……

阿洪扔掉吃剩的半塊肉，撇下同伴向河灣跑……

在兩米多深的水下，牠找到了那熟悉的岩洞，迅速地潛游進去。

裏面有白娃的氣味。阿洪放心了。白娃只是想跟牠玩玩捉迷藏的遊戲。這個玩不夠的醜大頭！

循著那縷氣息，阿洪跟到洞口，回到陽光之下。

白娃卻沒有走向牧場——牠的氣味跟一個人的混在一起，在亂石崗上兜個圈子，又回到洞中。

鐵腥味……似乎那人用鐵鏈拴住了牠，白娃就乖乖地跟上了人家。

人和狗的氣味一直通向那個幽暗的角落……

又是人的氣味。似乎，那傢伙把白娃留下，自己走了。他把白娃留在這兒幹嘛？

前頭，隱蔽在灰暗中的鐵柵子裏，關著那個叫黑皮的怪傢伙——瘦乾巴曾把「斑鳩」引到這兒……阿洪猛然醒悟。

就在這時，牠聽到了鐵柵門裏傳來吭哧吭哧的打鬥聲。阿洪衝了過去。

鐵門鎖著。隔著柵子，牠看到一黑一白兩個身影扭成一團！

那白身影正是白娃！

汪！阿洪大叫著，猛力搖撼鐵門。

汪汪！白娃在裏面艱難地回應。朋友的到來使牠勇氣倍增。但畢竟身矮力弱，在凶神般的黑皮面前，牠仍然處於劣勢。

「嘩——」白娃前胸又增添了一道豁口。牠狠命推開敵人，躥到門邊。

隔著一道鐵柵，牠出不來。阿洪也進不去！

黑皮又從背後撲來。

「汪！——嗷嗷嗷！」阿洪震怒的吼叫在石洞裏折射出嗡嗡回聲。黑皮害怕地打了個寒戰，隨即意識到鐵柵子會給牠的安全絕對的保障，那傢伙便加倍猖狂起來。

「汪汪！」牠按住白娃的後腳，衝阿洪示威地回應。那意思很明白——你能拿我怎麼樣？

怒不可遏的阿洪搖撼著鐵柵門，牙齒在門鎖上啃得咯嘎作響，火星四濺！阿洪那枚斷牙又迸飛了一塊，門鎖卻巍然不動。

黑皮便在阿洪眼皮子底下撕開了白娃的頸皮。一小口一小口地啃掉牠脖子上的筋肉，露出白生生的氣管。

似乎爲了解恨，牠每咬一口，都要衝阿洪得意地瞟上一眼，將咬到嘴裏的生肉嚼得吧嗒吧嗒響。那響聲如鈍刀，在阿洪心窩上割切磨銼，一下，又一下……

阿洪沒命地啃咬著鐵柵門，直啃得自己滿嘴流血！

白娃的反抗越來越弱……

突然，牠頸下如同穿洞的奶桶那樣，發出剝剝剝剝的冒血的聲音——黑皮的牙齒輕易切開了牠的頸下動脈。那善良的白狗便終止了一切反抗……

黑皮從牠的肩胛上扯下一塊溫熱的鮮肉，心滿意足地嚼得血汁四溢。

阿洪瘋了！牠退開了，再以火車般的速度撲向籠中的仇敵……鐵柵門無情地攔阻了牠。於是牠將那無效的撲擊繼續下去……牠的胸膛在拚命的衝撞中脫落了一大片胸毛，皮下也滲出血來。

牠威脅地狂吼，但無論怎樣，也沒能制止黑狗的暴行。那傢伙冷靜地把白娃一塊塊撕碎、吞食……

一切努力都宣告失敗。白娃凸露的眼珠早已失去了光澤，變得混沌如霧。那裏面甚至看不到恐懼和痛苦。

咯嘎咯嘎。骨頭在牙床間的磨銼中變得機械而固執。血腥味兒在洞中瀰漫……

被復仇渴望煎熬著的阿洪終於冷靜下來，牠放棄了無效的傻撞，衝出洞口飛向牧場……

白娃呀白娃呀；白娃呀白娃呀……

一個與牠同生死共患難的好兄弟，一個爲了友誼寧可拋棄那富貴家庭的摯友，一隻在勞動中成長起來的優秀牧犬……永遠地離牠而去了——白娃！

牠不能原諒自己的粗心和疏忽！牠不能放過平白無故置白娃於死地的仇敵！

阿洪幾乎是腳不點地地飛奔，長長的鬣毛似飛騰的火苗，似從牠燃燒的心頭躥出的烈焰。

牠急於復仇……

在山坡上，牠遇到了前來尋找牠們的場長和兩名牧工。阿洪用瀝血的牙齒咬住場長的褲管，往山洞那邊拽。人們立即意識到發生了不尋常的慘案，都跟著阿洪向那邊跑。

……鐵籠裏的黑皮似已吃飽。牠懶洋洋地趴在那兒，百無聊賴地將白娃的皮肉撕扯拋撒得滿地都是。

場長也憤怒了，他將手中的木棍狠狠地捅向黑皮。黑皮咬住棍頭使勁一拽，將木棍奪進囚籠。而後那惡棍似笑非笑地對他們齜了齜牙，十足一副無賴嘴臉。

「原來那些丟失的狗都是被牠吃了！」一名牧工驚叫。

「該死的，都是瘦乾巴幹的好事！」場長咬牙切齒，「我要找他算賬！」

「去找瘦乾巴！」兩個牧工憤憤地喊。

他們高叫著瘦乾巴的名字，分頭四處尋找著。

場長用一截繩頭做成一個嘴絡，套住阿洪的腦袋。他不能不提防著。誰也不能擔保極度氣憤中的阿洪不會做出過火的事！

山洞對面，有人答應了一聲。阿洪聳動耳廓，傾聽了一秒鐘，一晃腦袋就掙脫了場長正往牠頭上纏的嘴絡。

「阿洪，聽話！」場長喊，「坐下別動！」

阿洪卻一句也沒聽進耳。牠像一台隆隆發動的機車，推倒了企圖攔阻牠的場長，衝下陡坡，躍過溪流，朝牠認準的方向疾馳！

「阿洪，別亂來！」場長爬起身。眼看無法制止阿洪，他又朝山對面喊——

「瘦乾巴——快上樹，阿洪來了！上樹！別跑——我馬上來救你！」

一道有如魚兒穿行的波痕在草浪中迅速延伸，很快鑽入一小片自然林。緊跟著，便傳來一聲恐怖的慘叫！

勝利者的悲哀

山坡上圍了一圈人。

場長一邊推搡著擠過去，一邊罵：「你們這些呆子，幹嘛不制止阿洪行兇？牠在寵物場都被訓練成『戰鬥機器』了，你們沒聽說過嗎？」

人們不申辯，也不行動，只靜靜地站著。

場長擠到前邊，也呆住了：

——瘦乾巴完好無損地躺在地上；

——阿洪用寬大的爪子按住他；

——牧犬的牙齒銼得咯咯響，血從牠的嘴裏滴落到瘦乾巴的胸前。瘦乾巴雙眼緊閉，嚇得齜牙咧嘴……

「牠就這麼著，誰也拉不開牠，」絡腮鬍子湊近場長耳邊說，「阿洪心疼白醜……可牠不會傷人，我敢擔保！那瘦乾巴，讓他受點教訓也好……」

「胡說，」場長從愣怔中清醒，「不行！咱們得採取行動……」

話未了，阿洪怒吼一聲，張嘴咬下——

牠終於沒有咬上人身子，卻咬起一塊粗糙的石頭。喀崩！石頭在牠淌血的牙齒下碎作幾塊。阿洪恨恨地啃嚼著，石渣從齒縫撒落。牠用充血的眼睛瞪著瘦乾巴，直到將那替人受過的石頭徹底嚼碎……牧犬才昂首向天，發出一串無比慘烈的嘶嚎——

牧工們眼眶都濕潤了。

這懂事的牧犬是在發洩著胸中的悲憤。即使那仇恨幾乎令牠瘋狂，牠還是嚴守著牧犬決不傷人的規則。

「瘦乾巴，你這沒人性的傢伙，睜開眼睛看看吧，」場長罵，「你還不如狗啊！」

「是，是，我不如狗，我只求各位大爺把這個煞星攏住……」瘦乾巴不敢睜眼，一個勁兒地告饒，「我一定殺了黑皮來祭奠白醜，一定！我再也不敢……」

「起來吧。」場長緊緊地摟住阿洪，讓牠放開了瘦乾巴。

瘦乾巴坐起身，阿洪又轉過頭，對他「汪！」的一聲大叫。他撲通一下跪倒了：「行行好，放我一馬吧，我叫你爺爺，叫你太爺爺！」

阿洪突然一躥，又按住了瘦乾巴。大夥兒正要出手援救，只見阿洪用一側血齒揪住瘦乾巴稀疏的頭髮，拔下一綹。瘦乾巴殺豬似的叫饒。

阿洪又一連拔下幾綹，才被牧工們扯開。瘦乾巴如獲大赦，嗖地爬上樹去，靈活得像隻猴子。阿洪便不再理睬他，仍去拽場長的褲腿。

「牠要去收拾黑皮！」絡腮鬍子會意了。

「讓牠去！要不，這狗會瘋的！」老牧工說，「再說，黑皮留著，終是個禍害！」

「對，讓牠親自去宰掉那個惡鬼！」

「瘦乾巴——去把你的『草雞』狗放出來！」

瘦乾巴抱住樹幹顫抖著，摸了半天才扔下一串鑰匙。

阿洪便領著大夥往岩洞那邊跑。

鐵柵子裏面的黑皮仍然有恃無恐地啃著白娃的一根腿骨，咯崩咯崩，全不把柵門外的人和狗放在眼裏。直到聽到鑰匙插入鎖孔的喀嗒聲，黑皮才驚懼地跳起身。

阿洪從打開一線的門縫鑽進去。吃過阿洪苦頭的黑皮不敢應戰。牠縱身從阿洪頭頂躍過，竄出鐵門，撞倒了一名牧工，向洞外逃奔。

阿洪如影隨形，緊貼在牠背後。

在洞口光亮寬敞之處，阿洪聳身越過黑皮，擋住了黑狗的逃路。黑皮閃向左側，阿洪比牠更快，跳上一步，用胸膛撞翻了牠。黑皮翻身爬起，再也無路可逃，那惡狗只好強抖精神，大吼一聲，衝阿洪咬去。

阿洪早在牠起跳之前便完成了那個掃描——反應的全過程。黑狗尚在半空，阿洪便從下而上迎擊，用受傷的牙扣死了牠的喉嚨。

彷彿旋風攪起一團塵沙，黑皮被掄了個暈頭轉向，摔向一塊山石。半空灑下一陣血雨。

黑狗癱軟在岩石下，怎麼也掙扎不起來了。

阿洪撲過去，不去給牠致命的一擊，卻活生生啃下一隻前爪！

黑皮眼睜睜地看著自己的爪子被阿洪嚼碎了，吃下去！而牠完全失去了反抗力……

血從腿動脈湧出……

在徹底失去知覺之前，黑狗分明感覺到阿洪的利齒在切割牠的肌肉、牠的四肢。

腹部被切開了……

撕肝裂肺的劇痛奪去了黑皮的最後知覺。

幹完了這一切，殘忍的復仇者委頓在地。意志遠離軀殼而去。

勝利，對牠也沒有多大意義了——爲發洩心中的憤怒，牠違背了牧犬的職業道德。在向敵人施以慘烈報復的同時，牠也無情地摧殘了自己的神經。

大悲大憤的心靈折磨，使阿洪恍如大病了一場。牠依偎在老牧工懷裏，眼睜睜地看著人們把白娃的殘骸撤出鐵柵子，埋葬在小樹林邊。

那兒有一溜兒低矮的墳頭，裏面依次安葬著阿洪那戰死的爺爺、老死的奶奶，和牠那與狼群奮戰至死的母親。白娃的墳頭與阿洪母親的依偎在一起。

老牧工還別出心裁，破例爲白娃豎了一塊木製的「墓碑」。

牧工們散去了，阿洪還趴在那兒。

烏鴉在墳頭低迴盤旋，雲集成一團黑色的煙塵。在阿洪曚曨的視覺裏，那「煙塵」不時地幻化成瘸老豹、獺王，幻化成牠與白娃共同戰勝的那些害獸的猙獰嘴臉。

牠感到了冷……許久沒有這種感覺了。自從牠長成一隻真正的牧犬，寒冷和疲勞就再也沒來糾纏過牠。可現在……似乎牠血液中燃起的活力，都在失去夥伴的悲痛中、在那違背德行的瘋狂報復中耗盡了……

在一旁陪伴著阿洪的老牧工長長地歎了一口氣，抱起阿洪。

「義犬哪！」老人對每一個詢問者說。於是所有的人——曾經認識或是不認識阿洪的人，都要對牠行注目禮。

「沒有病。」給阿洪反覆檢查過後，獸醫說，「豈止沒病——牠健康得很！」

沒有病的阿洪一連趴了三天，才恢復正常的吃喝。而牠的行爲仍然不夠正常。每次出牧，阿洪都要長久地回頭觀望、尋覓；在高速奔跑的中途，牠也會莫名其妙地突然站住，若有所思地看著自己跑過的路。

牠是在等待，等待牠那短腿的夥伴！

半夜裏，阿洪常站在山頭，衝著天空那輪冷月發出一串淒慘的哀嚎……

牧工們在山坳裏找到一窩狼崽子。依慣例，他們該將這些狼崽處死，只留下一隻，也要折斷四肢。據說這樣做過之後，悲痛欲絕的母狼就會叼著求生不得、求死不能的殘狼崽兒離開這兒，永遠不再回來。

但行刑者卻遭到阿洪的阻攔。牠用身子護住那幾隻發育不良的小狼，無論牧工們怎樣威脅都不讓開。誰也不敢在牠微張的大嘴和低沈的警告面前去掏牠身子下的狼崽。人們只得作罷。

當晚，帶著獵槍的絡腮鬍子趕到那兒，卻發現阿洪將最後一隻狼崽叼送到河對岸去了。這傢伙，是瘋，還是傻了呢？絡腮鬍子想。

被阿洪的善心所感動，牧工們最終達成了一致的協議，決定饒了這窩狼。草場上的狼越來越少，牠們也再沒敢來騷擾牧群，幹嘛非要斬盡殺絕呢？

阿洪變得像一個老人。牠不再隨意懲罰別的牧犬。即使黃胖新接手的小牛群裏走失了犢子，牠也不咬黃胖，寧可自己漫山遍野去幫人尋找。

除了飲牛時偶爾下水，阿洪也不常去河灣游泳了。空閒的時間裏，牠總是坐著，陪伴著老牧工，靜靜地守候一個又一個日出，日落。

牠老了。從生理年齡來看，牠正年輕，但心理上，卻像一個日益衰老的生靈。

「給牠換個環境，讓牠忘了這兒的一切，或許會好起來的。」獸醫建議，「否則……前景難料！」

場長給劉眼鏡打了個電話。

打量過阿洪的神色後，劉眼鏡搖頭歎息不止。他居然不肯再接收阿洪。

「我沒有必要破壞顧客心中那個輕量級狗王的形象。」這位寵物大王說，「如果牠是在我那兒變得這樣，我會爲了企業的利益，毫不猶豫地『處理』掉……」

「啥子處理？」絡腮鬍子問。

劉眼鏡做了個抹脖子的手勢。

「混帳畜生！」絡腮鬍子罵，「你可真歹毒……」

場長忙攔住了作勢要揍劉眼鏡的絡腮鬍子，示意劉眼鏡快走。

「我說錯了嗎？」劉眼鏡一邊走向他的汽車，一邊絮叨不休，「商戰當然得注重廣告、注重代表一種商品的形象嘛，以婦人之仁，成得了大事業嗎？真是些鄉巴佬！」

那邊，阿洪慢慢地站起身，一步一步地走向種犢欄。牠的大牛群是不必值夜的，於是牠在黃胖那兒爲自己選擇了一個哨位。

「這條狗哇……」場長望著阿洪的背影說。他熱淚盈眶了。

「讓牠跟我去城裏吧！」老牧工對場長說。他就要退休，要回城去抱孫子了。

沒費多少口舌，場長破例地批准了一名退休老工人帶走一條尙且年輕的牧犬。因爲他也不忍心看著那英俊神武的「狗王」就這麼迅速衰老下去……

場部的小貨車把老牧工和阿洪一起送出了牧場。

這回走的是一條完全陌生的路。翻山越嶺，又下了平川地，開進一座嶄新的湖濱大城市。這回，牠再也找不到回牧場的路了！

小車緩緩地在人車擁擠的街市繞來繞去時，阿洪悲哀地朝後面望著。車前車後都一樣，望不到頭的街市，樓房，汽車，人……

終於在一長列一模一樣的樓房前停下。汽車喇叭聲把老牧工的兒子、兒媳和孫子都喚出了大門。

「嗨呀呀，好小子！」老牧工喜得合不攏嘴，蹲下來，向胖孫子張開雙臂，「來，讓爺爺抱抱！」

胖小子猶豫地看著老人那雙皸裂的大黑手和黑黝黝的臉膛，忽然叫道：「好髒的爺爺！媽，我不要爺爺抱！」

「傻！」兒媳擠出一臉笑對孫子說，「去親親爺爺，爺爺給寶寶大鈔票，好多好多！」

老牧工臉上掠過一絲尷尬，摸出一張百元大鈔。孫子就撲上來，搶了那張鈔票。

「還要！」小傢伙涎著臉喊。

「沒有啦，爺爺的錢，都寄給你們啦……」

「寶寶回來！」媳婦厲聲喊，「小人家家，就像個叫花子!沒見過錢還是怎的？」

老人的笑便僵住了。

「爹，怎麼還帶回隻老狗？」往車下搬行李的兒子皺著眉頭喊。

「不老，牠還不到三歲——跟咱們寶寶同年同月……」

跑過來看狗的胖孫子被走下車的阿洪嚇了一跳，嗚哇嗚哇哭個不停。兒媳走過來扯開寶寶，用尖鞋跟狠狠踹了阿洪一腳：「真討嫌哪——這老髒狗！」

罵著，那女人挾了胖崽子回房去了。

兒子就不再吭聲，虎著副臉，把老人的東西乒乒乓乓扔了一屋角。

吃晚飯時也沒見到媳婦、孫子。

「寶寶呢？」老人問。

「姥姥家去了。」兒子說。

以後，他們就都住姥姥家。每到周末，才例行公事地到「髒爺爺」這邊來一次。老人便得爲那一頓全家團聚的午餐忙上整整兩天——買菜，殺雞，剖魚，切肉……

阿洪覺得那是老人唯一的歡樂。因爲只有那頓午餐時，他才喝酒，才有說不完的笑話，儘管其餘的三個人誰也不陪他說笑，只顧埋頭悶吃，老人還是笑逐顏開。

吃飽喝足，兒孫們急急忙忙離去，老人便悵然若失地守著滿桌剩菜，默默地坐上好久。

大半個星期，他和阿洪就吃這些剩菜，直到再一次上街爲下一個星期的午宴採購……

被老人牽著走向菜市場時，阿洪常常要挨上幾掃把——那些掃街女工一個個像對牠有什麼深仇大恨似的。阿洪一聲不哼地忍受著。

牠的忍耐性連老人都感到不可思議。

在早先，無故挨打時，牠至少要齜著白牙表示抗議的，火氣旺時，牠還會不客氣地咬下人的武器。可現在，牠似乎對一切都滿不在乎了……

沒有了憤怒，沒有了抗爭的勇氣，牠還能算一隻牧犬嗎？老人搖搖頭。當然不能算。就像他，一個遠離了畜群的老人，儘管牧場還給他工資，人家也稱他老牧工，但他早不是一名牧人了。他成了一個多餘的人，一個家庭和一座城市的累贅……

不想讓阿洪悶著，老人就領著牠在陽臺上侍弄盆花。他只種野花——都是從牧場上掘來的那些常見的野花：石蒜、杜鵑、地丁、鈴蘭……這些花兒舒展開它們從牧場帶來的苞蕾時，他們就會回憶起瀰漫在花蜜甜香裏的牧場。老人忘情地唱起牧歌，阿洪也情不自禁地吠上幾聲。

對面的樓窗打開了——

「怎麼讓狗亂咬？還不把牠關起來！」有人聲色俱厲地呵斥。

老人忙摟住阿洪，迫使牠安靜下來。

沒法子，夥計！城市就是城市！城裏人能忍受那些震得人太陽穴一跳一跳的「音響」，卻不能允許一隻狗發洩幾聲……

老人把阿洪拴在大門邊的院牆下。那些進出的男女一開始都被牠嚇得尖聲怪叫，後來見牠不咬人，就肆無忌憚地踢牠打牠。

「哇，一隻狼狗！」幾個小學生看到了阿洪。

「這不是狼狗。狼狗沒這麼長的毛！」其中一個說。

「狼狗算啥？獅子狗才值錢！我姨媽一隻西施狗，花了二十萬！」另一個很內行地說。研究結果，他們認爲阿洪什麼都不是，只算得上是隻「大狗」，因爲牠身上沒一點兒值錢的裝飾品。孩子們決定把牠當做游擊仗的假想敵。他們用橡皮筋搭上「紙彈」，遠遠地朝阿洪射擊。阿洪一聲不哼，閉上眼承受著。

讓他們樂吧。牠不咬不吠，因爲牠知道牠的吠叫會給老人惹來麻煩。

小學生一直玩到他們厭倦了，才停止了攻擊，一哄而散。

日子就變得老長。有時，阿洪睡過兩覺，醒來，還沒過完上午。

大多數日子裏牠是睡不安穩的。進進出出的人，隔著一道圍牆的車輛，各式各樣的機器，喇叭裏轟轟烈烈的砰嚓嚓……這些聲音混合在一起，組成了比雷雨更爲吵人更爲持久的喧囂，使阿洪老夢見自己在大街上被車被人追著打著。

牠驚醒時，也總發現自己仍在雜訊和汽油味的圍追堵截之中，不知往哪裡去才好。

深夜，這些雜訊和異味彙成的潮才戀戀不捨地退去。阿洪鬆了口氣。老牧工會在臨睡前替牠解下鏈子，讓牠在圍牆內窄小的空間裏自由走動。阿洪便儘量不出聲地鬆散一下筋骨，動作輕緩得也像一隻老狗。

隔著紗窗，同樣睡不著的老人深情地望著自己的愛犬。這隻曾經是無敵的狗王，竟會落到這個地步，簡直令人難以置信！

是對白醜思念的憂傷所致……這隻過於重感情的義犬啊！

城市勇士

紫石公園深處。石拱橋旁的花壇邊，走著一個蹣跚學步的小男孩，男孩只穿著一個紅肚兜。

阿洪蹲在一邊癡癡地看著。

「鬥（狗）。一隻大鬥（狗）。」孩子對牠說，用胖乎乎的手摸摸阿洪結實的脖子。

孩子的信任使牧犬很受感動。到城裏這麼久了，牠接觸到的都是害怕、仇恨等等諸如此類的不友好目光。鄰居們只要一見牠沒拴鏈子，就衝著老牧工吼叫。只有此時此地，在傍晚遊人稀少的公園一角，老人才能給阿洪卸下項圈，讓牠享受一小會兒平素深夜才能享受到的自由。

小男孩爬上了石拱橋。橋下是鮮花盛開的荷池。沈滯凝重的濃香塡充著池畔每一方空隙。偶有清風吹來，荷香才悄悄分流出一小股，隨風瀰漫開去。於是，公園便沈醉在一種與城市中心絕不相同的氛圍中，那石橋、荷池、夕陽中爬行的光屁股小孩，都在阿洪眼裏折射成一幅幅似曾相識的圖畫。

風吹草浪。暮歸的牧群。河灣水面上閃爍的粼粼波光……

看著橋下的荷花，小傢伙忘乎所以地從橋欄杆上探出身去。

「花花！」他喊。

阿洪遠遠地望著。牠很想跟那對牠不存戒備的孩子玩玩，但牠不敢。因爲牠每次企圖走近一個孩子，都會引起大人的震驚和叫罵。

「花——」男孩兒突然翻過欄杆跌下水去。

阿洪沒有遲疑，「嗖」地躥入荷池游到橋下。牠叼住孩子繫肚兜的帶子，小心地把他的頭露出水面，泅向岸邊。

剛放下小傢伙，就有個花枝招展的女人哭叫著跑過來。

「該死的野狗，你還真咬人哪——來人哪，救救孩子——野狗吃人啦！」女人喉頭就像裝著大喇叭，「——救命呀！——」

幾個男人聞聲趕來。

阿洪不知女人叫些什麼。牠只知道女人很憤怒，而且那憤怒是衝牠來的。但牠沒有逃走。城市生活的經驗告訴牠——那只會引起更大的騷亂。城裏人敵視每一條飛跑的狗。

牠一動不動地站在那兒，任那些人把皮鞋和石塊打在身上。

「誰的？太不像話……」一個佩肩章的管理人員問。

「我的……」聞聲趕來的老牧工慌忙給阿洪套上鎖鏈，「真對不起，不過，我敢保證，牠不咬人……」

「罰款！」管理員挺神氣地吼，「老傢伙，你沒見你的狼狗咬了孩子嗎？」

「比咬傷還厲害！我兒子讓牠嚇壞了，你們瞧……」女人去抱孩子，卻意外地發現兒子興高采烈地抱住了大狗的脖子。

「妳弄錯了，大嫂，」老牧工說，「妳兒子摔下橋，要不是狗救了他，恐怕有生命危險。」

女人不相信地看看阿洪，膽戰心驚地抱開了孩子。

男孩兒卻在她懷裏扭著挺著：「不嘛！我要——大狗狗！」

「就算這樣，也得照章罰款！」管理員摸出個小本子，「十元！」

老牧工規規矩矩交了罰款。

「走吧，」他對阿洪說，「夥計，咱們回家吧。」

一個瘦小的身影悄悄跟蹤著他們，一直到他們走進了那條弄堂，走進了那棟樓房，跟蹤者才記下門牌號碼，悄悄地走了。

第二天上午，有人按響了門鈴。

「我是專程來拜訪狗王阿洪的，」小個頭的來客遞上名片。名片上只印著「成橋」兩個字，什麼頭銜都沒有。這倒使老牧工不好稱呼了。

「叫我老成就行。」小個頭說，「早先在農學院，人家叫我成老師，現在退休了，城裏人管我叫成老頭。這稱呼不夠禮貌。可我又不敢再以『成老師』自居。因爲我現在研究的項目還沒有被任何學術刊物承認過。」

「你是研究……」

「我在研究動物心理學。」成橋說，「先得向您道歉——當我確認您的狗就是曾經名噪一時的狗王阿洪後，我就悄悄跟蹤牠了……我發現牠的精神狀況有些不太正常……能允許我診視一下嗎？」

「求之不得哩！請，請……」

成橋依次觀察了阿洪的五官，又掏出聽診器聽了一會兒心音。

「果然……」他自言自語地說，「這條狗健康得很。牠的毛病出在精神方面……不能想像，如此健壯聰慧的犬科動物會懦弱到這個地步。昨天在公園，我都忍不住要爲牠打抱不平了，牠倒沒事一樣，任人家冤枉牠、踢打牠……」

「早先牠不這樣。」老牧工說，「自從牠的小夥伴被一條惡狗咬死……」

「不對。那樣的話，牠應該變得激昂亢奮，容易動怒。」

「牠動過怒的……牠的報復太過分了一些——牠活生生地咬下那條惡狗的腿……吃下去，把那狗凌遲處死了……」

「這違背了牠的天性。」

「是的，那以後牠就變成這樣……連生肉都不肯吃了……狗也懂得內疚嗎？」

「當然懂！何況您的阿洪是條智力超群的牧犬。」成橋說著，收起他的醫療器械，「找到了病根，咱們就好對症施治啦。老兄弟。」

「吃藥還是打針？」

「都不用。咱們要幫助牠重拾生活的信心，讓牠恢復到渴望建立功勳的精神狀態中去……」

從那天起，兩位老人就陪著阿洪玩開了。他們把狗領到城郊的河灘地，跟牠賽跑、搶球，一起興致勃勃地抓魚、追野兔……

老牧工竟然第一次忘記了爲兒孫準備「星期午宴」。赴宴撲空的兒媳賭咒再也不叫他爸爸。兒子便犧牲了一個星期天「跟蹤追擊」，最後在河灘上逮住了這一對老頑童。

「看你看你，像個啥樣子！」兒子像訓斥他兒子那樣地數落他老爹，「家也不要了，孫子也不要了，日後，你就跟你的狗過去！」

老牧工嘴唇抖抖著，竟一句話也說不出來。

「走呀！還要我請人來抬你嗎？」兒子吼聲更大了。

站在老人腳邊的阿洪看看老牧工，又看看那把臉拉得老長的兒子。從老人顫抖的腳上，牠感受到老牧工正在忍受著極度的難堪。

一顆火星星在牠心上綻開了——那久違了的當牧工或畜群遭到外來侵犯時在牧犬心上激起的憤怒！牠便如突然合上電閘的機器，霎時進入「臨戰狀態」——

盛怒的兒子用手指點著老爹的鼻尖兒剛發出更大的吼聲，地上的牧犬便閃電般躍起，將那五大三粗的年輕漢子撲倒在地。

「救命呀——爹！快拽開這瘋狗，牠那牙……」下面的話被嚇回去。阿洪將釘牙貼上了他白淨的脖子。

「算了吧，阿洪。」老人跌坐在地上，輕輕地說。

阿洪用充血的眼睛狠狠地瞪了那小子一眼，不甘心地回到老牧工身邊。

嚇破了膽的兒子連滾帶爬地逃向他的摩托車，發動了車子，順河堤一溜煙跑了。

「成功了，老兄弟！」一直冷眼旁觀的成橋扶著老牧工站起來，「阿洪開始有了覺悟——牠不再是一味地忍讓、內疚，牠又能分辨是非，做出決斷了……」

「是的，我也看出來了！」老牧工把阿洪摟在懷裏，「我的孩子，我的孩子……」

在獲得自由的深夜裏，阿洪開始奔跑追逐，無聲無息地跟想像中的野狼惡豹搏鬥。

有一夜，正在奔跑著的阿洪被一種異樣的聲音吸引過去。後院牆頭跳下一個穿黑衣的陌生人。

那人看到突然出現的大狗，愣了愣，隨即掏出一團東西扔在地上。阿洪聞見了滷肉的香味，但牠沒動那肉。

黑衣人又扔了點兒東西，見阿洪並不吠叫，就大膽地走近樓房，從腰間掏出一隻帶索子的「飛爪」，嗖地扔上樓去。

「飛爪」抓在二樓陽臺的欄杆上。黑衣人飛快地順繩索爬上去。

阿洪不出聲地看著，牠沒弄明白那人在幹什麼。城裏人的種種怪癖令牠見多不怪。牠就不打算多管閒事，以免給老牧工惹來麻煩。

回到那屬於牠的暗角，牠趴下了。

二樓電燈閃了一下又熄滅了。女人的尖叫，像呼救。黑衣人便退出來。二樓的女人也追到陽臺上，卻被黑衣人推倒了。花盆摔碎發出很大的聲響。這樓裏的其他人彷彿都死了，竟無人出來喝問一聲。

黑衣人便飛身而下，嘴裏叼著把雪亮的尖刀——這架式使阿洪想起了那個執意追殺牠和白娃的玩猴老漢。牠站起來，就在那人雙腳落地的剎那，一躍而起朝黑衣人撲去。黑衣人順手捅過一刀。

這刀沒捅中阿洪，卻激發了牠的「戰鬥意識」。瞬間的「掃描」和「反應」之後，那人手中的刀子飛了，人仰倒在地。阿洪衝他齜了齜白亮的牙，那傢伙就沒命地把頭和脖子往一個雞籠裏鑽。

籠裏的母雞咯咯咯咯鬧成一片。老牧工隔壁的燈亮了。

「那瘟狗咬雞啦！」一個女人說。

那家的陽臺上就跳下一個男人，揮起一根長棒，衝阿洪劈下。

阿洪閃開了，長棒打在黑衣人身上，那傢伙媽呀一聲告起饒來。

「不是狗——是賊！」持棍的男人喊著，長棒掄得更歡了，「是個賊！狗把他抓住啦！」

所有的電燈都亮了……

「黑衣人」事件之後，阿洪的處境有所改變，鄰居們對牠都親熱起來，特別是被盜的二樓那一家。倘不是阿洪，持刀行劫的「飛賊」就要攜帶他們好幾萬元的金銀首飾和現金遠走高飛了！於是那女主人特地買了好多昂貴的狗食來送給阿洪。

老牧工說啥也不受。

「只要你們別再嫌牠打牠，我就感激不盡了！」老人說。

前來看阿洪的鄰居絡繹不絕。聽說這勇擒飛賊的大狗就是寵物飼養場做過廣告的狗王，大家出了個主意，請老牧工讓阿洪每夜在這鄰近幾棟房子的院子裏巡邏——他們被小偷嚇壞了。

「這對阿洪的精神狀況有利。」成橋說，「咱們正是要幫助牠從無所事事的無聊中掙脫出來……」

老牧工便同意了。

於是，一連幾個院子中間的隔牆都打開了一道專供阿洪出入的狗門。阿洪的活動餘地大多了。扔向牠身上的，也不再是石頭和酒瓶，而是蛋糕、肉骨頭……爲了叫阿洪能對自家門窗特別留神，好些人家還專門爲牠準備了好吃的，每晚放在固定的地方。

但阿洪一概不吃。於是，便風傳狗王口味高，要吃「活肉」。他們哪裡知道，倘不是阿洪在牧場養成了不隨便撿食的習慣，牠早就被老牧工的兒子放置的毒餌弄死了；飛賊扔下的「滷肉」也足夠置牠於死地。

阿洪不吃人家給的美食，不過，人們對牠的敬重，牠還是能感覺出來。牠每晚都輕悄悄地在這些院落裏穿行。但再沒有抓飛賊的機會，那些小偷懾於「狗王」的名聲，再不敢到這一帶來行竊了。

日子平平靜靜地流逝著。阿洪逐漸適應了城市生活。牠將這一片屬牠保護範圍內的人、房子、雞和貓兒狗兒，都看做自己管理的牧群。這兒沒有牧場；但牠承擔著與牧犬同樣的職責。

牠又找到了自己在人類生活中的位置。

老牧工放心了。不知怎麼的，當成橋給他說起這些讓他安下心來時，他是那樣長長地歎息了好久。

阿洪，把牧場忘了嗎？

小老頭成橋帶來了燒雞、熏魚、滷鴨和酒。

「咱們老哥倆今兒好好慶賀一番。」一邊把這些東西往餐桌上擺，成橋一邊說，「猜猜，今兒是爲啥子慶賀？」

「你的動物心理學論文被通過了？」老牧工猜。

「我的論文還沒最後通過實踐驗證呢。往下猜！」

「找了個老伴兒？」

「我那一屋子貓兒狗兒，誰還敢給我當夫人呀——再猜！」

「猜不出了。」老牧工老實認輸。

「告訴你吧——我有個學生在拍一部叫做《牧場上的軍犬》的電影，讓我爲他物色一個替身演員，我推薦了阿洪。」

「阿洪……行嗎？」老牧工也高興起來。

「準行！我打包票！」成橋說著，把酒灌滿了兩隻杯子，「來，爲阿洪登上銀幕乾杯！」

《牧場上的軍犬》攝製組聘請的馴狗師繞著阿洪轉了幾個圈子，一聲不吭地點點頭，又搖搖頭。

「行不行，直說吧，打啞謎幹什麼？」成橋比老牧工還著急。

「從牠本身來看，沒話說——我一眼就能瞅準這是百裏挑一的好狗。可是——牠不是狼狗，與那扮主角的『戰狼』外形上相差太遠了！」

「用不用牠呢？」

「我還不敢做主。下午同去外景地，讓導演決定吧。」馴狗師說。爲了套交情，他扔給阿洪一塊牛奶糖。

阿洪壓根兒沒理睬他。

「好大的架子！」馴狗師大爲驚愕，「這樣子，導演可不喜歡。他挑中的主角是很通人性的。」

外景地就選在湖邊一個小牧場上。

看到阿洪，那位滿臉鬍子渣的導演啥也沒說，只皺了皺眉頭。成橋忙去問他那個擔任副導演的學生。學生說：別急，可能還得考考吧。

正說著，忽聽導演叫阿洪。

阿洪抬頭看看老牧工。老人衝牠點點頭，說聲：「去。」阿洪就跑到導演跟前。

導演拿件東西給阿洪嗅嗅，掄臂扔向湖中。阿洪「嗖」地跟著那東西躥出，幾乎跟那東西同時濺入湖面，立即又以驚人的速度泅回岸邊，將那東西放在導演腳下。

「用這法子來考牠，太小看阿洪了！」老牧工壯起膽子說，「牠自小兒就能玩這個的。」

「是嗎？」導演笑笑，「我可是試過幾十條狗，才發現了這一個合格的。」他拾起腳下那東西伸過來。

那是一支快要融化的冰棍兒。這玩意兒掉進被秋陽曬暖的湖面，轉眼就會融化完——無怪乎難倒那麼多狗！

第二道考題，是讓阿洪對付一名手持塑膠棍、身著防護甲的壯漢。導演說，只要阿洪躲過打向牠的十棍中的七棍，就算考上了。

「阿洪，上！」導演命令。

阿洪卻一動不動。牠從沒有過主動向人進攻的習慣。

壯漢卻不給牠留面子，當頭一棍打來。阿洪全無防備，躲過了腦袋卻沒躲過後腿，被揍了個筋斗。

「失分！」導演豎起了一個指頭。

塑膠棍繞個圈，又從後面向阿洪打來。這回牠早有準備，輕輕一跳就讓過了。

第三棍打來時，阿洪已經進入戰鬥狀態。在眨眼間完成了「掃描——反應」之後，牠趁長棍掃來之時，將身子貼著長棍竄去，用牠的重量和猝不及防的速度將長棍從人手中「奪」下，然後，牠警惕地守住棍子不讓那人走近。

身著防護甲的演員便不敢貿然過去拾棍，他求救地望望導演。

「剩下的七棍免打了！」導演說，「牠的表現已經超出了考題的難度。戰狼——」

隨著這聲喊，就有一條狼狗突然出現在導演身旁，彷彿從天而降。

阿洪第一次見到這樣漂亮的狼狗。這狼狗的體形慓悍強壯，背部漆黑，往下的皮毛則黃中泛紅，閃著火焰般的油亮。牠比阿洪還高半個頭。

老牧工和成橋反而放下心來。格鬥嗎，誰也不是阿洪的對手。高半頭又怎樣?能兇過豹子嗎？

但導演並未叫兩條狗決鬥。他讓人提來一隻籠子，放出一對灰色的大山鼠，眼看山鼠消失在湖邊的草叢裏，才喝令兩隻狗去追。

兩個競爭者生龍活虎地追向山鼠。

山鼠逃竄著，從一個草墩跑向另一個草墩。但阿洪比牠更快，聳身一躍，就在草墩之間的沙地上按住了山鼠。

戰狼也同時趕到，比阿洪稍慢半秒，也用前爪按住了那小動物。

阿洪看看戰狼。後者反而蠻橫地用肩胛擠過來，衝牠威脅地咧開了半邊嘴。

阿洪霎時進入戰鬥狀態。「掃描——反應」之後，牠發覺自己有把握在一個回合內收拾那漂亮的競爭對手……

但牠忽然清醒。這些人是要牠去抓山鼠，而不是讓牠們同類相殘。牠退下一步，朝早已遠遁的另一隻山鼠追去。

山鼠跳入水中，小小的身子在水面犁起一道潔白的水花，阿洪跳離湖岸，直撲山鼠——牠的牙齒在山鼠到達前數分之一秒內咬合。

山鼠繞過牠。但沒容山鼠游動，阿洪的第二次撲擊已經成功了……

戰狼剛向導演獻上血肉模糊的戰利品，阿洪已叼著牠的活俘虜過來了。

俘虜身上沒有一絲血跡。

「牠從來就這樣好心腸嗎？」導演把活生生的山鼠關進籠子，捧在手裏端詳著，「連老鼠牠都不傷害？」

「從來都是這樣。除了攻擊人畜的害獸。」老牧工回答，「這是一條合格的牧犬。」

導演點點頭，看看戰狼，又看看阿洪，他舉手打了個手勢。一個面目兇狠的人拿來了兩份狗食，放在兩條狗面前。

忽然，端狗食的人飛腳踢倒了導演，拔出一把亮閃閃的尖刀扎在導演胸前，拔腿就跑；阿洪一聲不吭追上去，咬住那傢伙的腳後跟一晃腦袋，那人被摔倒在草地上。阿洪縱上一步，按住了那個凶手，將雪亮的牙齒貼上那人的脖頸。

這兔起鶻落的幾個回合，既驚險無比，又出人意料。別說老牧工和成橋，就連與阿洪和導演近在咫尺的戰狼，也來不及作出更多的反應——牠差點兒被一塊骨頭噎住，待咳出骨頭，阿洪已經大功告成，隻身擒獲了兇手。

導演大笑著從地上坐起，手裏晃動著錫箔做成的尖刀。扮演「兇手」的演員忙喊救命：

「……快來拽開牠！這東西，簡直是一隻老虎！」

「別怕，牠絕對不傷人。」老牧工忙喊，「過來，阿洪！」

阿洪看看四周的笑臉，繃緊的神經才鬆弛下來。

「考完了？」成橋問。

「回去等消息吧，老伯。」導演對他們說。

綠色的呼喚

兒孫們賭氣不回來，老牧工便免去了每周一次的奔波操勞。他的時間全部用在陪伴阿洪玩耍和與成橋老漢說話、下棋上。

每逢老人們坐下來，阿洪就靜靜地趴伏在院子裏的水泥桌下睡覺，或是不動不挪地假寐。

老人們顯得很緊張，每天都在等候郵差。報紙一打開，先找「文藝動態」；打開電視，也專看「本埠藝壇」之類，眼巴巴地盼著「狗明星」被選定的消息。當然，「替身演員」或許稱不上「明星」，但畢竟是上銀幕呀！

他們像小孩兒一樣焦急，阿洪全不理解。牠只是奇怪：兩個老人怎麼不帶牠出城做遊戲了？

直到傍晚，最後一班郵件送過。

老牧工說：「又白等了一天。」

成橋說：「明天吧，明天準有信兒，我有這個預感。」

他很惱火他那做「副導」的學生老躲著他——那模樣，倒像是怕老先生爲了阿洪，向他「行賄」似的。

老牧工便建議去「遛遛」。給阿洪套上鏈子，兩個老人牽上牠，沿著城外河邊荒蕪的小道慢慢兒遛。

農家的狗在河灘上追逐。看到阿洪，那些狗都害怕地夾緊尾巴，不聲不響地走得遠遠的。阿洪很想去跟牠們一起玩耍。牠追過去，但沒跑出幾步就讓鎖鏈拉住了。

牠沮喪地垂下頭。那些很「一般」的農家狗都比牠要高出一個層次——牠們沒帶鎖鏈。

牠曾經爲自己沒有鎖鏈而自豪過，但現在，牠只屬於沒有陽光的深夜，只屬於圍牆內那一溜狹小的坪院。牠只有在那有限的時間和空間裏才是自由的。

汪汪！牠忿忿不平地叫了兩聲。好久沒叫了！即使在那些去掉了鎖鏈的晚上，牠也不能自由自在地吠叫，不能縱情奔跑……

牠又開始懷念雨後牧場上的彩虹，暮歸牛羊的剪影，綠色的風吹送的花香……那晚，在電視螢幕上看到熟悉的景物之後，阿洪嗷的一聲跳下沙發。

但牠立即意識到自己的失態。這不是在牧場。這是在對一條牧犬有著許許多多限制的城市裏……

老牧工忙轉了台，讓車水馬龍的都市替代了草原。阿洪發現，老人也在儘量抑制自己的感情，要不，他幹嘛偷偷抹去眼角亮晶晶的淚水呢？

阿洪記起牠上一次的城市生活。那時有白娃跟牠在一起。而現在……倘不是老牧工，牠早該出走，去尋找屬於牠的世界了。

牠不能走。老人有兒孫。那兒孫又並不尊重老人。老人只有跟牠在一起時才有真正的歡樂。

牠不能讓那孤獨的老人在遲暮之年，再失去生命的最後歡樂。

第七棟樓房裏，有一隻白色的哈巴狗，是那種會打拱作揖的奶聲奶氣的小東西。阿洪不喜歡牠。可是，自從那一棟房子也開了「狗門」、併入阿洪的「牧群」，小白狗也就無條件地成爲阿洪義務保護的對象了。

「狗門」白天一律關閉，於是，阿洪很難見到自己的保護對象。牠的工作時間正是那些人、畜酣睡的時間。

不能設想一個牧人沒見過自己的牧群……

牠越想把自己看成一條牧犬，就越發現自己的希望是一個注定沒有結果的追求。

牠只是看門狗。是比農家狗還低一個層次的、受著城市的種種限制的可憐傢伙。

那天黃昏，又「白等」了一天的老人們快快地領著阿洪從河灘回家，忽然發現許多人在朝阿洪看，還大驚小怪地指點著。

街口，一位熱情的年輕人攔住了他們。

「您的狼狗，是叫阿洪嗎？」那人問。

「牠不是狼狗，但確實叫阿洪。」成橋認真地回答，「出了什麼事嗎？」

「上了！上電視了！」年輕人激動得語無倫次，「我說過的，我猜想準是這條狗，今天下午，『影視園地』節目裏播放了牠的錄影……」

年輕人的大聲嚷嚷引來了一些閒人。

「沒錯！就是牠！」有人證實。

「今晚要重播的……喂，快打開電視看看！」

小夥子的家人發出更熱烈的驚呼，阿洪和兩位老人就被簇擁進那年輕人的家。

阿洪正在螢幕上。放慢了的鏡頭——阿洪跟在冰棍後一起濺入湖水。

旁白：……這條百裏挑一的狼狗，已經被導演選中，擔任劇中的主角……

「是主角，不是替身！」成橋孩子般地叫起來，「主角！」

鏡頭：阿洪從水面「搶」出冰棍……

旁白：牠的速度、牠的果斷和勇猛，確實達到了驚人的程度……

鏡頭：導演面對記者的採訪。

導演：「……更重要的，是牠有著犬科動物很難具備的『急智』——這是現代寫實片最需要的素質……」

鏡頭：阿洪放棄與「戰狼」的爭奪，射入水中……

導演：「……下面的鏡頭是在無任何徵兆的情況下偷拍的。爲了考驗這兩條狗……我們瞞過了除導演和演員外所有在場的人……」

鏡頭：演員送上狗食……

演員偷襲導演……

阿洪奮勇追擊……

阿洪兇惡的面部特寫。

演員驚恐的表情……

記者：「從您提供的這些鏡頭中，我們都感到，這狗好像特別懂事，特別善良……」

導演：「是這樣。牠確實特別懂事、通人性。據牠的主人說——」

鏡頭：老牧工和成橋老漢。

老牧工：「從來都是這樣。除了攻擊人畜的害獸……這是一條合格的牧犬……」

門外擠進一個人。是那位副導演。

「呀，你們還寬心在這兒閒坐——導演都等急了！」

他們連忙「突破重圍」擠出去，登上小車……

導演領著幾個人，還有馴狗師，早在老牧工家的陽臺下等得不耐煩了。

往後的事情快得像閃電。談價錢——老牧工聲明分文不取。因爲阿洪屬於國營牧場，而製片廠是國家的。導演大大地鬆了口氣。

最關鍵的難題不存在了，簽合約也就成了無關緊要的例行公事。辦完這一切，喜出望外而又深受感動的導演堅持要請他們上「樂天大酒家」。

推辭不下，兩位老人就跟阿洪一起去了。

他們喝得半醉。臨別，老牧工提出再留阿洪住一晚。導演同意了，議定第二天上午由馴狗師開車上門來接阿洪。

兒子、兒媳婦和孫兒都在家裏等著。

接著了老人和狗，兒子兒媳都陪上一臉笑，提上大包小包的點心和名酒，說是向老人賠禮來的。

老牧工只悶著頭抽煙。明天他就得跟阿洪分手啦。阿洪一舉成名，往後拍電影電視就少不了牠，再也不可能回到他身邊來了。

老人為阿洪高興，又直想哭。

兒子、兒媳婦交換著眼神，轉彎抹角，終於問到阿洪拍電影的報酬上來。

老人一聽就來氣：他還真當兒媳是發了善心道歉來的呢，鬧了半天，還是為錢呀。

「報酬？一個子兒也沒有。」老人虎著臉說。

「他們不給？告他去！」兒媳婦柳眉倒豎。

「給。是我不要。」老牧工把合約摔給他們，好叫他們趁早死心。

那女人一見合約就氣勢洶洶地站起來，阿洪低吼一聲挺身站到老人前頭。當兒子的忙拉了老婆一把。抱著寶寶，兩口子氣哼哼地走了。

臨出門，女人還扔下一句：「走著瞧！」

混賬東西！走著瞧？阿洪走了，你們還真敢來跟老子算賬呀？老牧工心窩子氣得怦怦亂跳。怨誰呢？只怨自己沒教養好，挺忠厚的兒子變成狼了。

早知今日，還不如多餵幾條有情有義的狗哩。像阿洪，比兒孫親得多呀……

酒勁兒湧上來，老人抱著阿洪嗚嗚咽咽哭了。他捨不得阿洪。

一大早就陰了天。

老牧工把阿洪領進浴室。他要給阿洪洗一個澡，讓牠乾乾淨淨地走上銀幕。

打上兩遍香皂換了兩次水，老人還想給牠再清洗一回，突然聽到有人沒命地叫：

「失——火——啦——」

「救——人——呀——」

老人衝出門，同一排樓房，第七棟房子的四樓窗口濃煙滾滾！

「阿洪，救人！」老人果斷得如一名指揮官，破天荒地在大白天沒給阿洪拴鏈子，就把牠領到了失火的樓下。

「上——」老人喝令。阿洪箭也似的順樓梯衝上去！

仗著一身濕毛，牠在濃煙和火焰中兩進兩出居然沒有受傷。第一次救出一個奶娃，第二趟拖出一個被濃煙嗆得昏了過去的少婦。

火勢還在蔓延！牠身上的毛早已焦乾，被火燎過的鼻尖兒痛得刀扎似的，但牠還是堅持把少婦拖到走廊盡頭那個哇哇亂叫的男人身邊。

屋裏又傳出一聲哆嗦的尖叫——是那隻白毛獅子狗。

火在呼嘯著，屋裏已成一片火的世界。

儘管勇猛，阿洪還是爲進與退的選擇考慮了一秒鐘。

哇哇亂叫的男主人便追上來，用皮鞋重重地踹在牠的臀部上——阿洪身不由己撲進了火海。

牠在那無法分辨氣味的煙火中亂鑽。

「汪——汪汪！」小狗又吠了一聲。

阿洪躍過一團大火……身上的長毛被火苗燎得直往皮肉上貼。牠不顧一切地衝過去，找到了那團白東西。

「汪——」小狗不識好歹，恐怖地往裏面縮。阿洪輕輕將牠攔腰叼起，返身向門口跑。

在穿過中廳時，一個燃燒的書櫃向前撲倒，阿洪向前一躍，卻在中途被壓住了——牠聽到自己的腰椎發出斷折的脆響……

幸好這時有幾股雪白的泡沫射進樓窗，火勢頓時減弱……

事後據消防員說，在那樣煙濃火烈的情況下，兩條狗中有一條能活下來，就違背了統計機率——但牠們都活下來了！

……衝出門的阿洪長毛所剩無幾，周身熏得焦黑，還燎起了無數水泡。老牧工心疼地給牠淋著涼開水，輕輕地抹上萬花油。

那家的主人則摟著他們完好無損的奶娃和寶貝狗兒又是親又是吻，就差沒吃下去。細心的女主

人清醒過來的第一個發現，便是哈巴狗背上有兩排牙印。

「都是那該死的野狗咬的！」男主人暴跳咆哮，不顧眾人勸阻，他衝著阿洪狠狠地踢了一腳。這一腳，正好踹在阿洪被書櫃砸傷的腰椎上，那脫臼的部位便徹底折斷。阿洪發出一聲慘叫，痛苦地撲倒在地，好久沒能動彈。

從不發火的老牧工走過去，揪住那男人，劈面揍了一拳；男主人被揍得仰面跌倒，口鼻湧血。他抱住半邊突然腫起來的臉，驚恐萬狀地看著盛怒的老人。老人毫不掩飾地嚎啕大哭著，抱起不能動彈的牧犬，跑出了大門……

前來迎接阿洪的馴狗師正好碰上了這一幕。

幾分鐘後，《牧場上的軍犬》攝製組的人在導演的率領下，直赴寵物養殖場。阿洪已經不可能上銀幕了，他們只好降低標準，去寵物場物色價值昂貴的名犬……

阿洪在獸醫院發著高燒。

……彷彿是行走在一個峽谷裏。兩側，是被風雨雷電雕刻成猙獰怪獸的巉岩……狂風尖嘯中夾著虎狼的嗥叫。牠把感覺伸向周身所有的神經末梢，搜索著，準備迎擊來自任何方面的襲擊。谷底卻燃起熊熊烈焰……一隻巨大的皮鞋將牠踢進火堆。然後，又是那隻皮鞋，無情地踹斷了牠爲他們的生命財產而負傷的腰椎……

夢──一段真實的記憶。一個太深太深的傷痕，是常常要在夢中再現的。

阿洪在獸醫院躺了五天。

腰椎接上了。消炎後的皮傷也開始長出新的皮肉，但心靈的創傷卻永遠無法彌合。牠對城市的信任，在那男人的重重的一腳之後徹底粉碎了……

離開醫院，阿洪獨自來到河灘。天黑了，也不回去。

「該去値夜啦，夥計！」老牧工用商量的口氣說。他不忍心在阿洪甫生新肉的頸部套上鎖鏈。要罰款就罰吧。他不忍心。

阿洪一動不動。老人就陪牠在那兒坐到天亮。

第二天，阿洪也沒有回那個令牠傷心的院落。牠的沈默和孤獨引起了幾個農家孩子的同情。他們喚了自家的狗來伴陪阿洪。那些狗就不再逃避。牠們一起吃孩子們爲牠們燒烤的螃蟹和小魚，一起吃兩位老人送來的飯食，一起在河灘上嬉戲。

夜晚，牠仍然獨自在那兒過夜。

第三天一早，有兩個傢伙想引誘牠。但阿洪壓根兒不理睬他們。那倆人以爲牠老實可欺，打算用套索和棍棒強迫牠就範時，阿洪就以牠一貫的閃電戰術繳下他們的武器，徹底打消了他們的卑鄙念頭。

「你不能老這樣待下去呀。」老牧工輕撫著阿洪開始長出毛渣子的脊背，像對自己的孩子那樣親切地說，「咱們都得有個歸宿……」

「我倒有個辦法，老兄弟。」成橋老人說，「咱們都捨不得這條狗了不是?這兒有個萬全之策——我們都不離開牠，也別讓牠遷就咱們，還有，我得把我的研究繼續下去，不能中斷……」

兩個白髮蒼蒼的腦袋湊到一起，越談越高興，臉上漸漸地都露出了笑容。

這天下午，老牧工用小行李車拖來一隻大行囊，成橋則帶來一對貓兒、一條有些像白娃的花狗。他們讓貓兒狗兒吃飽了肚子，就吆喝動物們跟他們一起上路了。

阿洪不知道老人們會把牠帶到哪兒去。但牠相信，老人決不會強迫牠再回那狹小的院子了。

他們沿著一條阿洪不熟悉的小公路走著。小貓們時而騎上狗背，時而趴到車上，阿洪和那條花狗就緊跟在老人腳前腳後。小車上除了食物、衣物，還有藥品。走累了，他們就歇下來，替阿洪洗傷口、換藥。

夜裏，他們寄宿在農民的家裏，老人們總要把阿洪領到潔淨的山泉邊，洗得乾乾淨淨，換上新藥。

阿洪的傷勢便一天天好起來，牠感到自己的身子骨也更加結實了。

一場大雨耽擱了兩天行程。在一所農家小院住了兩天。第三天，放晴了，老人們告別了農家，又領著牠們上路。

雨後的空氣格外清新。阿洪遙遙領先地奔跑著。

突然，牠發現腳下的路和遠處的山是那樣熟悉，而空中飄浮的野草清香裏，分明混雜著熟悉的牲口氣息……

牠聽到了牧人的歌！悠揚的牧笛，還有那染綠一切的風——

牧場上才有的風，那綠色的宏大音波！

阿洪跑上一個空坡，向那邊望去。

「阿——洪——」

有人高聲呼喚。於是，牧工、草場上的牧犬和牛羊，都高昂起頭，在那濃郁的花草芳香中期待著、傾聽著。

阿洪發出一聲欣喜的回應，領著牠的新夥伴，向那屬於牠的綠色世界飛奔而去……

風雲動物文學

狗的天堂

作　者　牧鈴
出版者　風雲時代出版股份有限公司
出版所　風雲時代出版股份有限公司
地　址　105台北市民生東路五段一七八號七樓之三
網　址　http://www.books.com.tw
電子信箱　h7560949@ms15.hinet.net
服務專線　（○二）二七五六—○九四九
傳　真　（○二）二七六五—三七九九
郵撥帳號　一二○四三二九一
執行主編　朱墨菲
封面設計　蕭麗恩
法律顧問　永然法律事務所　李永然律師
北辰著作權事務所　蕭雄淋律師
版權授權　新蕾出版社
出版日期　二○○八年五月初版
定　價　新台幣一八○元
總經銷　成信文化事業股份有限公司
地　址　台北縣新店市中正路四維巷二弄二號四樓
電　話　（○二）二二一九—二○八○
行政院新聞局局版台業字第三五九五號
營利事業統一編號二二七五九九三五

國家圖書館出版品預行編目資料

狗的天堂／牧鈴 著. -- 初版. -- 臺北市：
風雲時代, 2008.03
面；公分

ISBN-13: 978-986-146-446-6（平裝）

857.63　　97001721

Dog Heaven